千年鈴虫

谷村志穂

祥伝社文庫

目次

千年鈴虫

窓の外で鈴虫が鳴いている。

マンションの小さなベランダにいつの間にかやってきて、居着いてしまった。このところ連日、夜になるとうら悲しげに鳴いている。

私は、扇風機を回しながら、夏の間に乾いてひび割れた踵《かかと》に、同僚の松尾鈴子《まつおすずこ》が海外旅行の土産《みやげ》に買ってきてくれたシアーバターのクリームを塗り込んでいく。独特の鼻をつく匂いが、部屋の中に立ち籠《こ》める。

「中秋の夜、冷泉院《れいぜいいん》よりお使いあり」

窓辺で鈴虫と呼応するような、ぶつぶつと囁《ささや》く声が聞こえる。

少しむくんだ足に、私は分厚い靴下を履かせる。

毎日の立ち仕事と冷房病で、足が冷えきって、踵は爪の跡もつかないほど硬い。クリームを塗って、ひと晩おくと、なんとかひび割れは見えなくなる。

「先生、あれ、お願い。指でくるりくるりとするの」

ふむという、声ともため息ともつかない音を吐き出し、もうじき七十代も半ばになる男が、手にしていた薄い本に、栞《しおり》を挟んで閉じた。

大型のテレビとステレオ、小さな本棚しか置いていない部屋にオフホワイトのカーペットを敷きつめてある。扇風機の風にあたりながら、俯《うつむ》いて寝そべっている私の体に乗る。

たぶん人さし指を半分に折っているのだろう。突き出した第二関節が、押し当てられていく。首筋から背骨の横が、ぐりぐりと強い力でほぐされてゆく。

思わず、唇の端から涎《よだれ》がこぼれ出るのを手で拭《ぬぐ》う。

体の中で固まっていた緊張が、ゆっくりと解《ほど》けていく。血がめぐり、ほぐされた部分に熱が宿るのを感じる。押された箇所から熱くなっていく。

「先生のくるりくるり、前よりずっといい」

腰の近くの背骨を覆う筋肉は、特別に深くまで指が押し入っていくのがわかる。私の声が思わず途切れる。

「そう……でも、そろそろいいでしょう」

声と同時に休めた手が、尻をそっと撫《な》でてくる。スウェットパンツの上から、その手が躊躇《ためら》いつつ触れてくる。

私は、摑《つか》んで、叩く。

まだですよ、という合図。

お酒の力も借りずに、すぐにはそんな気になれないのだ。セックスは嫌いではなかったはずだし、自ら望んで先生を呼び寄せたというのに、自分の倍以上の先生の年齢が、恨めしくなる。なかなか体の芯が溶けていかない。じらすつもりではなく、ただすぐにはできない。

そのうち私は、この手を見つけた。くるりくるりとやってもらっているうちに、体が解けていって、熱の隙間ができる。そこに、先生の大きなものが入ってくる。

私たちは週に一度くらい、そんな時間を過ごしている。

「先生、それで中秋の夜、源氏《げんじ》はどうなったの?」

額に浮かぶ汗を拭いながら、先生が嗄《か》れた声を絞り出す。

「鈴虫の声を聞いている方が、そんな話よりは、ずっと風情があるでしょう」

「虫の声なんて聞き飽きちゃったわ。この頃、毎晩うるさいほど鳴いてるし」

先生から、短くはないため息が漏れる。やがてゆっくり、言葉が紡ぎ出される。

「八月の十五夜、源氏は琴を弾いていた。女三宮《おんなさんのみや》のもとでね。息子である夕霧《ゆうぎり》や、弟の蛍兵部卿宮《ほたるひょうぶきょうのみや》らが訪ねて来る。

しばらくすると、冷泉院からお召しの使いがやって来る。源氏は一同を連れて参上する。父子の名乗りこそしていないものの、冷泉院もまた、わが子。藤壺宮《ふじつぼのみや》との間にできた、源氏の最初の子である。自分とよく似た容貌、夕霧もやはり似て、立派に成長している。源氏はその夜は感慨深くなり、夜通し詩歌を詠《よ》んだ」

声は嗄れているのに、妙に艶《つや》がある。ちいさなマイクを通して放たれる声をぼんやりと聞いていた時期を、思い出す。

私がこうして解かれるまでのことだ。

長野の実家で、父の三回忌を終えた頃だった。闘病生活が五年にも及んだ父だが、結局、母が最期まで看取《み》った。

そう珍しい話でもないだろうが、うまくいっていた夫婦とも言えなかった。大してモテたはずもない野暮な父に、女がいるとわかってからは、余計だった。一回目の心臓の発作で倒れた場所も、スナックのママをしている、その女の住居《すまい》だった。

手術の後、おとなしく入院してくれたのはいいものの、父はモルヒネで幻覚を見るようになった。

「スパイに狙われているとか、病院から連れ去られそうになったとか言ってね。あなたはそこまで大物ではないですよ、って言ってやったわ……結局、こうやって私のところに戻ってきて、面倒かけてさ」

最後の頃、長野の病院から母はよく電話をしてきた。一人娘の私に、看病に付き添って欲しかったのだろうが、危篤だと呼ばれては持ち直すのを繰り返していたので、そのうち、憎まれっ子世に憚《はばか》るではないけれど、父は死なないような気がしてきた。ジュエリーショップに勤務する一介の会社員としては、そうそう仕事を休むわけにもいかなかった。でも、父に逝《い》かれた後は、ずいぶん悔いが残った。たった三人きりの家族の一人が、欠けてしまった虚しさは、大きかった。どちらかというと、私は子どもの頃から父親と気が合う方だったし、見舞いに行って何が嫌だったかと言えば、母の様々な振る舞いが気に障っていたのだ。病院へ行くのに、一々厚化粧をするのにも、閉口させられた。

父を見送ってしばらく、母はひどく鬱《ふさ》いでいた。緊張の糸が切れたのか、病院では、軽い鬱の症状だと診断されたらしい。

私がかける電話に出ないときもあって、それが数日続くと、地元の親類たちに交代で様子を見に行ってもらった。

一周忌の法要の頃から、日にち薬が効き始めた。突然、父の遺品を猛烈な勢いで処分し始めた。

そしてある日、こんな葉書が来た。

〈ご紹介を受けて、『源氏物語』の文化講座に、東京まで通うことにしました。千佳《ちか》がお休みと聞いている、水曜日のコースに入会しました。仮の予約は済ませておいたので、あなたも印鑑と通帳を持って、有楽町《ゆうらくちょう》へ入会手続きに行ってくれないでしょうか。二週間に一度です。終わったら、一緒に食事でもしましょう〉

誘われた記憶もなければ、返事をしたつもりもなかったので、私は唖然としてしまった。

電話口では何度か、母が「カルチャースクールへでも通おうかな」と口にしたとき、確かに賛成はした。その頃は、気晴らしになりそうなことなら何にでも賛成すべきだと思っていたからだ。旅行する、犬を飼う。未亡人になったからこそできることなら、いろいろ浮かんだ。

けれど、その気晴らしが『源氏物語』で、自分も一緒に通うようになるなんて、本当は予想だにしていなかった。

一緒に受講すればせめてもの親孝行にはなるのだろうか、という程度の軽い考え。その頃、付き合い始めていた煮え切らない男との関係を終わらせたかったのもある。母が時々来て泊まっていけば、お互いに気晴らしができるかもしれない。そう考えて、私は毎月給料から五千二百円ずつ引かれる手続きを済ませたのだ。しかし、母娘なのにそれぞれ受講料を支払うと決めるあたりも、母を慕《した》いきれずにきた理由なのだが。

有楽町の駅前にある新しいホールの二つのフロアは、それぞれ文化講座で占められているのが、受付のパネルでわかった。

「千佳、ここよ、ここ」

ホールの七階のフロアにたどりつくと、母と同じくらいの世代の女たちの白粉《おしろい》の匂いでむせ返るほどだった。

母は、薄手のグレーのスーツ姿で、首に淡いピンク色のジョーゼットのスカーフを巻いていた。久しぶりに上京した高揚感も手伝ったのか、私を見つけると華やいだ声を出し、手を高くあげてみせた。母とは対照的に、私は明るい萌黄《もえぎ》色のアンサンブルのカーディガンに、黒いパンツ姿。顎までの髪は両耳にかけてあった。自分で言うのも何だが、母親の出かける先にのこのこついて行ってしまういつまでも独身の娘、という役回りにいかにも相応《ふさわ》しかったろう。

照明を跳ね返す白壁の会議室のような場所に、スチールの長机とパイプ椅子が並んでいる四十人ほどのクラスだ。

皆、入り口で名札をもらい、講義の資料をもらった。

〈源氏物語千年
古典に描かれる愛の教えを糧《かて》に、今を生きる〉

教室のホワイトボードに書かれていたのは、確かそんな文字だ。

〈第一回　桐壺更衣《きりつぼのこうい》と光る君の誕生〉

女たちは、すぐに机で資料に目を通し、自分が持参した『源氏物語』の頁《ページ》を開く者もあった。

私は困ってしまい、ぼんやりしていた。何しろその時点では、『源氏物語』のストーリーはほとんど知らず、桐壺更衣が何なるかも、登場人物たちの名もろくに覚えがなかった。

ただ、教室の扉を開けて入ってきた講師の、どこか投げやりな調子は印象的だった。すでにぶつぶつと口を動かしていて、顔もあげずに「始めましょう」と言い、

「私はシャイなので、皆さんに慣れるまで少し時間がかかります」と続けたのだ。

「自分で、シャイだってよ」

母にそう耳打ちしたくらい、どこかズレた老人に見えた。

ブラウンのジャケットの下にクリーム色のシャツを合わせた講師、大橋征一《おおはしせいいち》は、相当間の抜けた老人だという印象を伝えてきた。

大橋は中指一本ほどの小型マイクにスイッチを入れると、小さくため息をつき、引き続き、ノイズ混じりのぼそぼそした声で話した。

「えー、この講座では、千年も前に描かれた物語、平安王朝の中で主人公の光源氏《ひかるげんじ》が繰り広げる愛の世界を見ていくわけです。

文献初出は、諸説ありますが、おそらく平安中期の一〇〇一年、原稿用紙にして二千四百枚、約百万文字が用いられ、登場人物は五百余名、和歌も八百首近くが収められています。光源氏の誕生からその死後までの七十年ほどにわたって綴《つづ》られる、王朝物語です。世界最古の長編小説と呼ばれることもありますが、描かれる出来事の一つ一つはある意味では静寂でもあり、フランス近代の作家プルーストの『失われた時を求めて』と重ねて論じるような研究者もあります。

この講座では、一年をかけて五十四帖《じょう》すべてに触れていきます。長いようですが、実際に読んでいくのは皆さんたちで、私はその手助けをするに過ぎません」

大橋はここで咳《せ》き込み、背中を丸めてよれたハンカチを口にあてるその姿には、老いた悲哀があった。けれど、彼は急に顔を上げると、こう言った。

「私が源氏を始めた動機は不純でした。まあね、古典で食っていけるとしたら、これしかなかった。はじめは、そう考えた。けれど、源氏の世界は、おそろしいですよ。ひとたびその方へと迷い込んでしまうと、物の怪《もののけ》の住む世界なんです。きっと皆さんも、魅力的な魔物に取り憑《つ》かれるでしょうね」

　大橋はそう言うと、また咳をした。本気なのか、冗談なのかもわからない口ぶりだった。

「ここでは原文を扱いますが、現代語訳は、たくさんあります。書店へ行ってごらんなさい。ずいぶん出ています。文体や造本の感じが、ご自分にフィットするものを、あらかじめ読んで来られたらいいでしょう。今日は初回なので、幾つかの人気のある訳をコピーして、用意しておきました。まあ、本来は違法でしょうが」

　母は、いつの間に用意したのか、バッグから取り出した本を幾冊も机の上に並べていた。どの本にも自分で包装紙で作ったカバーがつけられ、表紙のところに『潤一《じゅんいち》郎《ろう》訳　源氏物語　巻一』『与謝野晶子《よさのあきこ》の源氏物語上』などと、手書きの字でタイトルがついており、古語辞典もあった。

　大橋は、ちらりと母の机上に目をやった。

　そういえば、いつも適当に聞いていたが、母は私が子どもの頃にも一度、この物語にはまっていたはずなのを、その場で思い出した。幼稚園の母親たちと、ゲンジ、ゲンジと言って、いそいそカルチャーセンターへ通っていた気がする。

「ではね、始めてみますよ。紫式部という千年も前の時代に誕生した、とてつもなくタフな女流作家による長い物語の始まりです。こうなります」

大橋は、片手に本を載《の》せた。

小型マイクをスタンドに置き、一段と前屈《かが》みになった。

「〈いづれの御時《おんとき》にか、女御《にようご》、更衣《こうい》あまたさぶらひたまひけるなかに、いとやむごとなき際《きは》にはあらぬが、すぐれて時めきたまふありけり〉」

突然、艶めいた声がマイクを通じて流れ出したのには驚かされた。受講生たちの中に、軽いどよめきが起こった。

「いずれのときにか、女御、更衣たち、大勢お仕えしていた中に、〈いとやむごとなき際にはあらぬが〉、つまり大して高貴なご身分ではないのだが、特別に〈時めきたまふ〉、つまり、ご寵愛《ちようあい》を集めておられる方があった。

そういうことです。

桐壺という、やがて光源氏の母君となる女性の紹介から物語は始まる」

大橋は、あまり親切なガイダンスもせず、同じようにどんどんとページを進めていった。

「〈先の世にも御契《ちぎ》りや深かりけむ、世になく清らなる玉の男御子《をのこ》さへ生まれたまひぬ。いつしかと心もとながらせたまひて、急ぎ参らせて御覧ずるに、めづらかなる稚《ち》児《ご》の御容貌《かたち》なり〉」

嗄れているのに、艶があるように聞こえるのは、一つ一つの言葉の後に独特の間《ま》が置かれるからだ。ため息にも似たその間には、信じられないが、色気さえあった。

一節ずつが読み上げられると、そのつど、教室は静まり返った。

「この訳は、次のようになります。御子が誕生になりました。この世に、またとなく美しい男の御子がお生まれになった。たぐい稀《まれ》なる美しいお姿。そこへ逸《はや》る気持ちを抑えて、かけつけた方がある。

冒頭の部分はこう訳せます。〈先の世〉前世でも因縁が深かったのか、というわけです。縁《えにし》をも綴られることで、光る君の美貌、その妖しさには深みが加えられていく」

急いでペンをとる。アンサンブルを着て最前列に座っている受講生の私に向かって、大橋は机の上を、太くて皺《しわ》の寄った指でとんとんと叩いた。

「まずは、音で聞いてみてはどうかな。古典の楽しみは音の美しさにもあるのです。

千年前とはいえ、同じ国の女性が綴った物語です。調べに身を委《ゆだ》ねて、よく聞いてみるといい」

マイクを通じて響く声の艶は、耳の奥を震わせた。

私が物語をどれだけ理解していたかは怪しいが、クラシックの大袈裟《おおげさ》なコンサートは苦手なくせに、その声ならしばらく聞いていたかった。

「さあ、こうして光源氏が誕生する。特別に美しい容姿、そして高い身分、孤独、才能さえも与えられて歩み始めるわけです。

ここから後の物語では、光源氏は楽園のハンターです。登場する女たちは、容姿、キャラクター、身分、立場……ありとあらゆるといっても大袈裟ではないでしょうね、女たちの見本市のように登場する。平安朝の貴族たちは、労働はしないわけです。生きる歓び、悦楽の大きな部分を、恋愛が占めている。紫式部は光源氏という男を、権力への欲がなく、人を妬《ねた》み嫉《そね》むこともなく、ただただ透明な愛を探し歩く存在として描きます」

横では母がしきりに感心し、頷《うなず》いていた。

「源氏という人間には、ひじょうに病的に見えるところもある。今風に言うなら、母恋なのはもちろん、ロリータ好みでもある。情熱的なドンファンにして、自己陶酔者で薄情な面もある。もちろん、浮気性だ。皆さんは今、こういう男の成長していく様を前にしているわけです。さて、皆さんならこんな男を前にどうします？　少し、訊《き》いてみようかな。そうね、あなた、木田《きだ》さんね」

胸につけていた名札が、二つ同じで並んでいるのを目に留めたらしかった。

母が私のほうを見た。

「そちらの、あなた、お若いけれど、どうしますか？」

もうじき三十という年は、職場ではすでに若くはなかったけれど、ここでは明らかに自分が最年少であると見当がついた。

「好きにならないようにします」

大橋は笑いもせずに、ぎょろりとした目でじっとこちらを見ていた。

「なるほど」

そして、喉の奥でかすかに笑い、続けた。

「私もそれが良いと思うんだけれど、女性はどうしても源氏のような男に惹《ひ》かれるらしい。次々と彼に心を射抜かれ、愛に溺れて変貌してゆく。人を愛すると、相手に対し、どんな気持ちを抱くものでしょうね？　では、お隣の方。ご姉妹かな」

わざとらしいお世辞にも、母は気分をよくしたのか、顎をあげ、やけに澄ました顔を作った。

「理解しようとします。でも、どうせわかりっこないかしら」

母が即座にそう答えると、教室の受講生たちから少し笑いが起きた。

「それは、なかなか味わいのある答えですよ。その通りでね」

大橋はこれまでに何度も、同じやり取りを繰り返しているはずだったが、もっともらしく頷いた。

「源氏の心の中を理解しようとするのは、この物語においての、愉《たの》しみにはならないのかもしれませんね。源氏という男は、世の無常を嘆き、浮世の刹那《せつな》を卑しいとしながらも、ひたすらに女たちとの交わりを続ける。何を探し続けているのか。読者は思わず、誰にも捕まりきらない源氏にこそ魅力を感じていくわけです。誰か一人のものになっては、つまらないわけです。女も同様に、源氏の心を覗《のぞ》こうとあがく女には魅力がないのです。覗こうなどとしてはいけないのです。皆わかっているはずなのに、女たちは変貌し、愛に狂う姿をさらしていきます。狂った女の姿を、日本の四季がうまく彩ります。日本の古語の中でどれほど映《は》えるか、見どころはそこにもある。また再来週、お会いしましょう」

最初の講義の後で、母と私は、麻布十番《あざぶじゅうばん》にある小さなカウンターだけの天ぷら屋に入った。時折、上司が連れて行ってくれる、場所の割には、自分たち母娘にも、何とか支払えるような値段の店だった。

目の前で、鍋の中の油が静かな音を立てていた。ごぼうの天ぷらを箸《はし》で割りながら、一番端の席に座った母が言った。

「あのコースでは、先生ご自身が源氏の君なんだって評判よ」

「まさか。もう、あんなおじいちゃんじゃないの」

私は鼻白《はなじろ》む思いで母を見た。日本酒を注ぎながら、自分でも猪口《ちょこ》を飲み干した。父に似て、たぶん私は酒が弱くはない。

「老いてなお盛んというのも、嫌よね。お父さんもそうだったけど、そういう人に限って自信があるのよ」

母は少し酔っているのだと感じると、安堵《あんど》があった。娘としては、鬱になられるよりは、酒で酔っぱらってくれる方がずっといい。

「男はこうで、女はこうとかいう話、カルチャーセンターだからできるんだと思うよ。今じゃ企業でだって、学校でだって、そういう話をするとセクハラ騒ぎになるもの。昼間っから堂々と恋愛の話っていうのもすごいし」

これからは母が定期的に上京してくるのを、こうして迎えるようになるのだと、私は改めて心に刻んだ。長野に一人放っておくのは心配だし、それには、月に二度のカルチャーセンターと食事は、母と娘にとって悪くはない時間の過ごし方だと思えた。

〈源氏物語千年

古典に描かれる愛の教えを糧《かて》に……〉

しかし、暇なおばさんたちに交じって自分もあの場に通うのか。やめるなら今だという考えもよぎる。

母は、小声で言った。

「あの先生、昔は長野の高校の古文の先生だったんだって。生徒との色恋が噂《うわさ》になって高校を辞めたみたいなの」

「知り合いなの？」

「違うわよ。紹介してくれた友達から、そう聞いただけ。まあ、月にたった二回なんだから付き合ってよ。いいじゃない、あなたもきっと男ってものの勉強になるわ」

私は、その確信に満ちた母の言い方に内心苦笑し、爪が伸びた指で、天ぷらにもう一度、抹茶混じりの塩をかけた。

講義は隔週ごとに続いていった。朗々とした声の原文朗読の後に、現代語訳が続き、わかったようなわからないような時間の中で、ただ感じろと言われ続けた。

「賢木《さかき》」の巻に触れたのは、夏の頃だった。

「〈時ならで今朝咲く花は夏の雨に　しをれにけらし匂《にほ》ふほどなく　衰へにたるものを〉

ここは、匂ふを取り違えなければ、誰にでも読めるでしょうね。どういう意味ですか?」

大橋は、必ず誰かを指《さ》して、目玉をぎょろりと動かすのが癖だった。私と、目が合ったが、答えられなかった。

「ああそう、わかりませんか。それは嘆かわしいですね。

匂ふは、輝くほど美しい。和歌など古典には頻繁に登場します。高校生の頃に習ったはずだけれど、まあ、お若いあなたにもそれなりに昔のことなのかな」

大橋は平気で笑いもせずに嫌味を言う。生徒は皆、そういう講師の癖にも慣れ始めていた。

「時節に合わず今朝咲いた花は、夏の雨にあたって萎《しお》れてしまったらしい、美しい姿を見せることもなくすっかり萎えてしまったものを」

大橋は、ホワイトボードに向かって、片隅に〈匂ふ〉と書いた。

「〈臭ふ〉と書けば、便所が臭い方です。まあ、その違いはおわかりでしょうが、案外、皆さん身に染みて感じていないかもしれない。匂うほどに美しい人の肌、一斉に咲き始める山肌の花。〈匂ふ〉という言葉が、ときめきを伴って染み入るようになると、古文はもっと皆さんの心に届くようになるはずです。匂うほどに美しいもの、ときめきを運ぶに違いない。同時にそうしたものは長くは続かないことを知る。もののあわれもわかる」

大橋は真顔で言ったが、受講生たちは楽しい話でも聞くように笑った。

私は、気がつくと大橋の講義にほとんど休まずに出かけていた。

帰りに母と食事をしたり、たまには銀座で新しい服を買ってもらったりするおまけに釣られていたのもあるが、自分はこの年になるまで、本当に恋愛というものを知らずに来たのではないかと思い始めていた。

銀座通りの照明の暗い店で、赤ワインのボトルを開けた。私たち母娘は、レストランよりもワインバーのような場所へ二人で立ち寄って、軽く飲んで帰る機会が多くなった。

「ねえ千佳、今日の話、覚えてる?」

「ああ、匂ひの話？」

「そう、ああいう話が、先生はお似合いよね」

私は母に買ってもらった薄手のサーモンピンクのカーディガンを、バッグから出して肩に羽織った。

「似合うとは思わないけど、急に妙な記憶が引っ張り出される感じはあるかな。お母さん、覚えてる？　私の子どもの頃のあだ名。チュウチュウちゃんっていうの、あったでしょう？」

母はグラスの中の赤い色を、目を細めて覗き込んでいた。老眼がさらに進んだらしかった。年には勝てず、顔にも首にも細かく皺が寄り始めていたが、色白で肌理《きめ》の細かい肌で、若い頃は田舎《いなか》町では評判のきれいな人だった。

父に似てしまった私は、どちらかといえば肌は浅黒く、髪の毛も多い。平安の時代なら間違いなく、鼻先の赤い「末摘花《すえつむはな》」のように、御簾《みす》を上げてがっかりされた容姿である。

「チュウチュウ、チュウチュウちゃん。そうね、そんなこと、あったわね」

母は急に思い出したのか、笑った。

まだ赤いランドセルを背負い始めた頃の話だった。私は隣の席に座ったはじめての相手、トクダケイトを好きになった。好きで好きでたまらない気持ちだった。

黙って席に座っているだけで、毎日体がむずむず、もぞもぞとする。熱くなり、思わずにじり寄っては、横を向いてケイトの頬にチュウとするように、唇を突き出す格好をするのが癖になっていた。

ケイトの方も、はじめは驚いたかもしれないけれど、風変わりな隣の女子に慣れたのだろう。別に積極的に受け入れられはしないものの、特段拒《こば》まれたわけでもなかった。

授業参観の日にも、また私のむずむず、もぞもぞ、は始まった。高揚していたのか、いつにも増して、そのすべらかな肌に吸い寄せられた。

いつもと違ったのは、ケイトが突然、逃げたことだ。少しずつ体をずらして逃げるうち、ケイトは椅子から滑り落ちた。

母親たちもみんな声をあげて笑ったし、教師も「おい、ケイト、大丈夫か」と訊《たず》ねる程度だったのだが、後でケイトの母親が学校や母に苦情を言ったそうだ。

以来、私は、チュウチュウちゃんと呼ばれ、からかわれた。

「ケイトくんって可愛い顔していたものね」

母親は、苦笑しながらグラスの中を揺らした。

「今思うと、一人娘がそんなだなんて、参っちゃったでしょうね。気の毒だったよね」

私は、どこか他人事《ひとごと》のように、そう振り返った。

「あなた、お父さんに似たからね」

この受け答えの微妙なズレがあるから、私は薄情になったのかもしれない。気づかないふりをするのにも、もう慣れた。

私は話を続けた。

「思えば私は、もうあんなにときめいたこと、ないかも。お母さんはどう？　父さんのこと、思い出したりする？」

「お父さん？」

ああ、その話、とでも言うように、母は少し眉を寄せた。

「そうね、お父さんも、時々病室で、匂いのことを言ってたわよ。若い看護師さんたちが病室に入ってくると、いい匂いがするとかって。まあ、先生のお話とは次元が違うけど」

私は薄く切ったフランスパンにチーズを挟み、軽口を叩いた。

「次元、ですか」

母は少し痩せたように見えた。ある年齢以上の女が、痩せて困ることはまずない。オフホワイトのスーツをそれなりに着こなしていた。

最近は、赤ワインにチーズやフランスパンだけといった夕食が気に入って、長野の家でもよくそうしていると言っていたろうか。「向こうじゃ、コンビニで売っているような安ワインだけどね」と苦笑しながら。

「千佳も、早く誰か見つけなさいね。全然会わせてくれないし」

白い肌を火照《ほて》らせて母にそう言われても、適当に頷くしかない。

「千佳が私をおばあちゃんにしないでくれるから、こうして夜遊びなんかできているんだけど。それにしたって、娘が誰かに愛され、女らしくなっていくところを、見たいものだわよね。チュウチュウちゃんは、とっくの昔の話だもの」

母の話し方は変わってきたような気がした。父が他界した寂しさからなのか、それとも『源氏物語』の熱に当てられていたのか。

母が、何かにつけて講義を休むようになり始めたとき、私はなぜ気づいてやれなかったのだろう。

二週間に一度というペースなので、風邪を引いたとか、町内会の用事があるとか、大雨だからとか、言われるとその都度、だったら仕方がないかと受け止めていたところはある。

私は一人でも受講した。

母の欠席が四度、つまり二カ月続いた頃、帰り際に、ホワイトボードを消している大橋から呼ばれた。

「いつもお連れだった方は、お母さまなのでしょう?」

私は、母の代わりに、すみません、と謝った。

「おやめになりそうかな?」

「やめるとは、聞いていないので、そういうつもりではないとは、思うんですけど」

私は首を傾《かし》げながら、言った。

何度か休んだくらいで、もう来なくていいと叱られるような場所でもないだろう。

机の上の資料を重ねていきながら、大橋は続けた。ほとんどが白髪だが、毛の量が多く、きちんと整えていない分、若々しかった。紺のジャケットの下、ブルーのシャツのボタンが一つ外されている。

「実は秋に希望者を募《つの》って、京都へ行こうと思っていましてね。源氏縁《ゆかり》の地を、一泊二日の短い旅ですが回るのが恒例なんです。お母さんも一緒に来られたらいいんだけど。機会があったら、お伝えいただけるかな？　せっかくの機会なのでね」

数日経って、私は思い出したように母に電話をした。大橋の話をそのまま伝えると、意外な答えが帰ってきた。

電話の向こうで、お茶を注いでいる音が響いていた。

「もう、やめようと思っていたのよね」

「どうして？」

母は、返事をしなかった。お茶を啜《すす》る音がした。

「そう、先生がね。だったら、行こうかな。あなたも行けるんでしょう？」

電話口の母は、屈託なくそう言ったように聞こえた。


京都の旅には、母と参加した。

東京駅の待ち合わせに集まったのが、受講生の大半だったのには、驚かされた。

新幹線が名古屋を過ぎた頃から、窓には雨があたり始めた。

準備のなかった私は急遽、京都駅でビニール傘を買い、あのぷつぷつという、柔らかに雨を弾く音を聞きながら、大橋のガイドを受けていった。

京都では、上京区《かみぎょうく》にある、かつて紫式部の邸宅であった廬山寺《ろざんじ》に始まり、物語の舞台となった仁和寺《にんなじ》などを回る。

紅葉した庭や、整然とした庭石の佇《たたず》まいは絵に描いたように美しかったが、おばさんたちが、一々はしゃぐのには閉口させられた。

六条院《ろくじょういん》のモデルとなった東本願寺飛地境内《ひがしほんがんじとびちけいだい》、渉成園《しょうせいえん》の印月池《いんげつち》では、水面に映る太鼓橋《たいこばし》を眺めながら、大橋は説明もせずに朗読した。

「〈秋の末つ方、いともの心細くて嘆きたまふ。月のをかしき夜、忍びたる所にからうして思ひ立ちたまへるを、時雨《しぐれ》めいてうちそそく。おはする所は六条京極わたりにて、内裏よりなれば、すこしほど遠き心地するに、荒れたる家の木立いともの古《ふ》りて木暗《こぐら》く見えたるあり〉」

大橋がマイクを通さず、嗄れた声でそう読み上げたとき、自分がもうずいぶん、その内容をわかりかけているのに驚いていた。おそらく皆同じだったのではないだろうか。

――秋も終わりの方、とても寂しくお嘆きになる。

月のきれいな夜に、お忍びに出かける場所をようやっと思いたつと、時雨が降り出した。出かける先は六条京極の辺り。内裏《だいり》なので、少し遠い感じがしていると、荒れた屋敷で、木立が年月を経て鬱蒼《うっそう》と見えた。

時雨一つとっても、実際にその場所へ行くと、実感は深まった。今この場所に一緒にいるのはせめてもの親孝行のように思えた。

旅の間中、母はひどく無口だった。薄手の柔らかい生地のベージュのコートと、華奢《きゃしゃ》なパンプスを履いていた。

大橋の説明を聞くには、傍《そば》へ寄らねばならないのだが、どの舞台にあっても、話を聞くというよりは、一人離れて、寺院の庭などを散歩して、ぼうっと風景を眺めている姿が目についた。実際、紅葉した樹木が雨に濡れて、いずれの庭も見事に美しかったのだが。

夕食には、四条河原町《しじょうかわらまち》にある釜飯のうまい店が用意されていた。路地を入ると、小さな行灯《あんどん》があり、間口一間ほどの店は、貸しきりにしても、なおぎゅうぎゅう詰めだった。

たまたま私たち母娘は、大橋と背中合わせに座る格好になり、彼を囲むテーブルの女たちがきゃっきゃと甲高い声を出しているのを耳にし通す羽目になった。けれど、一緒に机を並べて受講しているうちに、それぞれのキャラクターにも馴染《なじ》み始めていたし、大橋が時折向ける質問でのやり取りからは、時には個人の生活までが透けて見えてきた。大橋のテーブルにいる眼鏡の君は下町の老舗《しにせ》の奥さん、その隣がやはり母と同じように未亡人だが、死んだ夫はそれなりに遺産を残してくれていったらしい。いつも彼女と連れ立ってくる友人は、元アナウンサーだとかで、古典の朗読者を目指しているとか。

食事の場所は大橋の贔屓《ひいき》にしている店らしく、飯蛸《いいだこ》を柔らかく煮た料理や、蕪《かぶ》を炊《た》いた料理、釜飯などの滋味が冷えた体に染み入った。

母は、その席でみっともないほど、熱燗《あつかん》をたくさん飲んだ。狭いテーブルにお銚子を倒れるほど並べてしまい、やたらと目を擦《こす》っていた。心配し始めたのも束《つか》の間、ふいに声をあげて泣き出され、私は困ってしまった。皆はその後、先斗町《ぽんとちょう》まで流れたようだが、母と私は一足先にホテルへと戻った。

「飲み過ぎて泣き上戸になるなんて、どうしちゃったの？　幾らなんでも、羽目を外しちゃったね」

私が、つま先立ちで、バスタブに湯を張りながら言うと、母はしきりと謝るのだった。

母を寝かし付けた後は、一人でホテルのバーへ降りて行った。

クリスタルのグラスに注がれた白ワインを飲み始めたとき、携帯電話がバイブして、昔の男、平井修介《ひらいしゅうすけ》の名が表示された。暇つぶしをもらえたとばかりに、私は通話ボタンを押した。互いの友人の近況などをひとしきり話しても無意味なのだが、他に共通の話題もない。

「そういえば、なんで京都に？『源氏物語』がどうとかこうとか、言ってたよね」

男の背後から、騒音とポップソングが流れていたから、待ち合わせ場所で誰かにすっぽかされでもしたろうか。

「母がね、カルチャーセンターを受講するのに、私にも付き合ってくれっていうから」

そうはいいながらも満更でもなく京都まで来ているのは、声の調子で伝わっただろう。

「母親って、千佳のところ、長野じゃなかったっけ？」

「そう。よく覚えてたね」

いつも、人の話を聞いているのかどうかもわからない、いい加減な男だったので、私は素直に感心したものだ。

「お母さん、なんでその講座を申し込んだって？」

「うちさ、父親亡くなったでしょ？　それで、寂しかったんじゃないかな。急に、誰かに紹介されたとかって言ってた気がするけど」

電話の向こうの男は、しばらく黙ってから言った。

「その先生、千佳の母親の、昔の男だとかそういうんじゃないの？」

私は吹き出した。

「やめてよ。ない、ない。そんな話、ない」

ワンルームの部屋に急に湿気がこもった、そう思ったら、鈴虫の声が止み、雨が落ちてきた。

「窓を閉めて、先生。これで外も少し涼しくなりそう」

「ああ、そうだね」

ゆっくりと私の体の上から起き上がる。窓とカーテンを閉める。年齢のわりに姿勢がよく、ゆっくりと歩く。

〈虫の音、いとしげう乱るる夕べかな〉

相変わらず、ぶつぶつ呟《つぶや》くその声には艶がある。顔をあげずに古典を呟くのは、それが性の前戯になるのを知っているのか、または長年身についた無意識の習慣なのかわからない。その程度には、先生の色気は身についているみたいだ。

「鈴虫は母だわ。母の物の怪なの。六条御息所《ろくじょうのみやすどころ》と同じ。悪いのは、先生」

戯《たわむ》れとはいえ、大切な母のことをそんな風に言っている自分の薄情さが空おそろしくなる。

今だって、本当なら、自分に向かって伸ばして来る老人の手を振り切って、長野で一人過ごしている母の元へと飛んで行くべきなのだ。

けれど、私は知ってしまったのだ。母の体内にくすぶっている情欲、物の怪のようにまだ彷徨《さまよ》っている炎を見てしまった。

「まだ、ですよ」

この人は、私の背後から寝そべってくると、するりと乳房に手を差し入れる。

物語を読む声と同じように、老人とは思えない滑《なめ》らかな手の動きが伝えられる。その手が、私の衣服の下を滑り、自分の体の輪郭を伝える。そう大きくないはずの乳房には膨らみがあり、腰が少しはくびれ、太股の肌はすべらかだ。その手は、言葉も使わず伝えてくれる。

女の体を愛している手は、女をとても丁寧に扱う。

まるで私を美しい姫のように扱う。

「チュウチュウ姫。私にも、チュウチュウしておくれ」

先生はそれを、私からではなく母から聞いた。

「やめて、そんな話でからかわないでよ、先生」

なれるものならば、もう一度チュウチュウ姫になりたい。あの頃と同じようにむずむず、もぞもぞとさせる虫を飼って、人を求めたい。だから、目を瞑《つむ》ってその手の動きに体を委ねる。


銀座にショールームのあるジュエリーショップはイタリアが本店で、売り場に立つ私たちは、いつも爪と手をきれいにするよう義務付けられている。男の店員でも、ネイルサロンに通っている。

制服である黒のパンツスーツの胸には、携帯電話と、サロンで販売しているボールペンが名前の刻印入りで差してある。

携帯電話を取ろうとするときに、いつも長い爪とボールペンが邪魔になる。

仕事中の電話は、大抵が社内の業務連絡なのだが、たまには特別に番号を伝えてある顧客からもかかってくる。

私は、接客中だった。胸ポケットの中でバイブレーションが作動した。

「すみません、すぐに戻りますので、失礼します」

客に頭を下げて、私は席を外した。

「はい、木田です」

「あの……」

その声には聞き覚えがあった。

「今、少しお話はできますか？」

「もしかして、先生ですね？」

「ええ、お母さまのことでちょっと」

艶のある声が耳元に響いた。

「母のことって、あの、何でしょう？　今仕事中なんですが」

「ああ、お仕事ね。それは失礼しました。いえ、そう急を要する話ではないんですがね」

「仕事なら、銀座で八時には終わりますが」

「そう、だったらね」と、静かで穏やかな口調で、電話の向こうの声は、銀座にあるホテルのラウンジを指定してきた。

仕事帰りの私を待っていた大橋は、ラウンジの片隅で、一人でグラスに入ったジンを飲んでいた。背中を丸め、しょぼくれた風情で座っていた。

「すみません、近くまで来ていただいて」

私は、ざわざわとした予感に包まれていた。昔の男が軽はずみに口にしたことが、まさか現実になるのだろうか。何もないならこんな呼び出しがあるはずない、と。

私は、搾《しぼ》り立てのオレンジジュースを頼んだ。

「あの、母が何か」

「いえね、やはり受講をおやめになるというお手紙をいただきましてね。ご一緒のあなたは、どうするのかという、確認がしたかったのです」

「やめる？　母がですか」

困ったように、大橋は瞬《まばた》きを繰り返した。

「ええ、手紙を受け取りましたよ」

大橋が胸ポケットに手を入れたとき、紙の音がかさかさ鳴ったが、取り出しはしなかった。ジンのグラスを薄い唇に当てた。

私は唖然としていた。

「あの、ご用件は、それだけ、ですか？」

「他に、何がありますか？」

大橋は、実に屈託なく笑った。

早とちりだったか。

私は急に気が抜けたようになって、深呼吸をした。『源氏物語』の中で倒錯を味わっているからか、京都で受けた修介からの電話がつい過《よぎ》っていた。

「ごめんなさい、先生。だったら、わざわざお呼び立てすることはなかったですね。受講なら、私の方は続けます。だって、もう半分は進んだんですから。だけど、まったく母はどうしたんだろう。少し不安定なんです。父が亡くなってから。あれでもだいぶよくなったんですけど」

私は、顔を赤らめ、ついでに甘えてウエイターに白ワインを頼んだ。

「あなたは、心配だね」

うまく水を向けられてしまい、つい素直に話してしまった。

「母は、年なんだと思いますよ。京都でも、急に泣き出したりして。先生の講座へは、最初はずいぶん張り切って通っていたんですけれど」

「飽きられたんでしょう。こんな老体の講義ですからね」

一緒にお酒を飲んでいるのが心地よかったのは、静かな話し方と、その声がいいのと、これまでもう半年以上、揺るぎのない講義を受けてきたという、信頼感があったからかもしれない。

「先生のご家族は？」

「妻は、施設にいます。重度の介護が必要です。娘たちはそれぞれ嫁いで、私はこれでも自炊しているんですよ。塩辛まで作る」

「先生、お料理上手そうですもんね」

「なぜ、そう思うの？」

「わからないけれど、美味《おい》しいものをたくさんご存知のような気がして」

大橋はぎょろりとした目で、こちらをじっと覗き込んだ。

「じゃあ、今度、持ってきてあげましょう、僕の作った塩辛を」

私は、すっかり、気を許してしまっていたのだろう。

「そういえば、先生は、長野の方なんですよね？　私たちも、上田の人間なんです。母は受講の申し込みを、もしかしたら東京で私と同じ住所にしていたかもしれませんが、実は今も向こうにいて、毎回新幹線に乗って通ってきていたんです。それでね、先生、笑っちゃう話なんですけれどね」

私がそう呼びかけたときには、勧められるままワインを三杯も飲んでいた。

「私の男友達がね、先生は、きっと、母と昔何かあった相手だって言うんです。おかしいでしょ？」

そのときの表情を、たぶん私は忘れないのではないだろうか。

亀が重たい目蓋《まぶた》を閉じるように、ゆっくりと目を伏せ、口元だけは微かに微笑んでいた。淡い色の唇を、ごま塩の髭《ひげ》が囲っていた。隙のないきれいな顔立ちだと思ったのは、そのときがはじめてだった。

旅先で見つけた、美しい銅像、うっすらかぶっていた埃を、拭ってあげてそっと口づけしたくなるような、そんな心境だった。

「面白いことをいうお友達だ。あなたの大切な人になるのかな。チュウチュウ姫、だったかね、子どもの頃のあだ名は」

すぐに声が出なかった。

「姫ではないんですけど、あの、待って、先生。私、そんなこと、話しましたっけ？」

酔いかけた頭の中を整理しようとするが、腋《わき》の下に汗が流れた。

ウエイターが注文を取りに来て、大橋はグラスに白い手を載せた。

話したとしたら、母しかいない。だったら、いつ……。

「そろそろ、帰りましょう。女の人が外であまり酔ってもいけないね」

長野の病院の小さな個室で、母は眼帯をして休んでいた。目が霞《かす》むといってやけに擦《こす》っていたと思ったら、白内障を患っていたというのだ。

手術の後しばらくは、尻を突き出すようにずっと蹲《うずくま》っていなくてはいけなかったらしく、見舞いに行くのを拒まれた。

直球で問いかけても、母は大橋との間の出来事は、何も答えてくれなかった。眼帯をしているので、表情も読めなかった。

母に昔、そんなロマンスがあったのなら、よかったではないか。私と違ってきれいな顔立ちで、それなりに恋愛話にも恵まれただろうに、いつも父や私にまで邪険にされてきたのだから。

ただ、だったらなぜ私を講義に連れて行きたがったのか、それに、なぜ急に断りもなしに受講をやめてしまったのかくらい説明してほしかった。母と娘の関係は、この後だって生涯続くのだ。

ベッドサイドに腰かけたまま、私は一方的に話してやった。

「チュウチュウちゃんのこと、先生が知っていたからね。もっとも先生は、まるで古典みたいに、姫とか呼んで間違って覚えていたけど」

母は俯いたまま肩を震わせ始めた。

「あなたにまで話すなんて、あの男」

母は眼帯の上から手を当てた。

「千佳、あの男は、先生でも何でもない。おばさんたち相手の体《てい》のいい情夫《じょうふ》よ」

母の告白によれば、長野にいた頃、私の幼稚園時代、大橋は母の思慕の対象であったらしい。父を見送った後、急に友人との話で先生を思い出し、東京で受講生になるのを思い立った。

だが大橋は、長野で受講生だった母を、まるで覚えていなかった。

母には、それがいささかショックだった。

東京の講義の翌日、母は大胆にも大橋を誘って食事をしたそうだ。おそらく頰を赤らめて、かつての恋心を告白した母が、大橋には不憫《ふびん》に思えたのだろう。

「私に、どうして欲しいの？　お相手をということ？」

慣れた口調でそう訊ねてきたという。

あまりに聞き苦しくて、そこからの話は私の方で耳を塞いだ。大橋はこんな母とも関係を持ってくれた。大橋は、母の言う通りだとするなら、きっと誰にでも応《こた》えてきたのだろう。

そしてきっと、母はしつこくして捨てられた。母が講義を休むようになったのは、その頃からに違いない。

「まさか、京都でも、あったの？」

私の問いかけに、母は、体を震わせて言った。

「ないわよ。そんなの、あるはずない。それよりお母さん、千佳のこと、疑ってた。目が醒《さ》めたら、部屋の中がぼうっと靄《もや》がかかったように見えて、探したのに、あなた、いなかったわ」

ふーんと、私は気の抜けたような返事をしていたはずだ。『源氏物語』を教える大橋は、あんな年になって初《うぶ》なおばさんたち相手にジゴロ気取りなのかと思うと、不憫だった。大橋が口にした魔界の、安っぽさにも呆れた。それなりの知識を身につけ追究した道だろうに、なぜ？　源氏の物の怪に取り憑かれているのは、大橋本人ではないか。

私は憤り、自分の内側から湧き上がる腹立しさをうまく抑えられなかった。

男を買ったと思えばいいいんじゃないの？　そんな言葉が喉元まで出かかったが、口をついたのは、ただ母をなだめておくためのいい加減な言葉だった。

「先生も、寂しいんじゃない。奥さんの介護をしてるって言ってたよ」

病室の窓の外は雪景色で、樹木の梢《こずえ》にのった雪が輝いて見えた。その時、私が憤った相手は、母ではなく大橋であるのを認めざるを得なかった。

ゆっくり触れてくる手の動きを、私はただ眼を瞑って感じ取る。年を取った男の尻の辺りの肉は、細かな皺が寄って、象の肌のように見えるとは知らなかった。見たくないものの一つ。だから私は目を瞑る。

「先生は、誰とでも、こうしてるんだものね。すごいね」

大橋がやって来る日は、いつも少し気が重い。けれど、始まってしまえば必ず連れて行かれる。偽の源氏が作り出す倒錯の世界に。

母が恋い焦がれた相手と寝ている。

私は誰に仕返ししているのだろう。自分を傷付け続ける母になのか、ふしだらな講師になのか。

「千佳だけが私のことをわかってくれたからね。千佳がかわいくて、かわいくて、仕方がないよ」

没頭し始めた先生からは、光源氏はもう姿を消している。美しい古典の調べもない。

偽りの悦楽。私はすぐに現実に戻り、このような倒錯の世界を踏みにじるはずだ。けれど、本当に、そうなのだろうか？

こんなにも愛《いと》おしそうに、隅々まで触れられるのに慣れていって、いつかは忘れられるものなのだろうか？

今年の最終講義の後、私は教室に居残った。

一人、また一人と受講生たちが大橋に年の瀬の挨拶をしている間、じっと考えていた。

自分が今しようとしていることの愚かさを思った。

ここにいるおばさんたちと違って、私にはこれから結婚して子どもを作るというような、平凡な女としての役割が待っているはずだ。その上、相手を探すなら急がねばならないはずだった。

でも私は、あの赤いランドセルの頃以来、他の誰にもむずむずする感覚を抱いてはこなかった。

大橋が皆に短く挨拶をしながら、時折私の方を見た。その目と、ホテルのラウンジで会ったときの亀のような目蓋が重なった。それにむずむずした。いや、自分でそうなろうと暗示をかけていたようでもあった。

教室に残って、最後の一人になった私に、大橋ははにかんだような澄んだ笑顔を見せた。そして、手にしていた透明の袋を見せた。

そこに入っていたのは、泥のような色をした塩辛だった。

はじめて先生に触れられたときにも、彼の体の内側からは、生臭い塩辛の匂いがした。まだ匂いが溢《あふ》れている。この人は強く生きている。私は、静かに驚いていた。

窓の外では鈴虫が、飽きもせずに鳴き続けている。

鈴虫の声は、母なのだろうか。

鈍色《にびいろ》の衣

鈍色《にびいろ》には、段階がある。

墨の色のごく控え目なところから、漆黒《しっこく》にも感じられる濃いところへ、同じ色とは思えないほどの幅があり、そのすべての色が鈍色なのだそうだ。

平安時代、肉親に不幸があった宮中の人たちは、喪《も》に服する気持ちを込めて、この色を身に纏《まと》った。死者との関わり合いが深いほど、濃い鈍色に衣を染めた。

「先生にとっては、これも鈍色?」

私は、七十代半ばの男が身につける、冴《さ》えない厚手のカーディガンの地を指でつまんだ。

「確か葵上《あおいのうえ》が死んだとき、光源氏が、なんだったかしら、鈍色について、口にしているでしょう?」

Tシャツの内側で私の背中をさすっていたその手は、留まることもなくゆっくりと乳房へと滑っていく。いつもの艶のある声で、その物語の一節を諳《そら》んじた。

〈にばめる御衣《おんぞ》たてまつれるも、夢の心地して、「われ先立たましかば、深くぞ染め

たまはまし」と思《おぼ》すさへ、

「限りあれば薄墨《うすずみごろも》 衣浅けれど
涙ぞ袖を淵《ふち》となしける」〉

とつとつと謡うように、詠む。

にばめる御衣。

鈍色の衣装を身につけた人、つまり光源氏が、正妻であった葵上の死を思うくだりだ。高い位に生まれついた葵は、様々な場所で浮き名を流す夫に、なかなか身も心も許すことができなかった。ようやく源氏に身を委ね、子を授かる。だが、子を産んでほどなく、六条御息所の、業火のような物《もの》の怪《け》に取り憑かれ、苦しみ、息絶えてしまう。

源氏は詠《うた》う。葵上が自分よりも先に旅立ってしまうなど、まるで夢の中の出来事のようだ、と。

もしも自分の方が先に亡くなったのならば、葵上は、衣をより深い鈍の色に染めたであろう。しかしこの私にしたって、今はこのような薄い色を纏っているけれど、袖は深い澱《よど》みのように悲しみの涙で濡れているのだ――。

どこまでも身勝手な男の胸の内が吐露される場面だ。

カルチャーセンターを、母は途中で退会したが、私は一年通い終えた。古典の素養のかけらもなかったはずの私が、読み上げられる古典の文意を、おおよそ理解するようになっていた。

はじめは先生の声を音楽のように感じながら、今はこうして二人きりの時間の中で、その音の中に流れる調べを感じる。

二人きりで会いたいと誘ったのは私の方だった。

先生の常宿だという、新橋のホテルは、清潔に整えられていた。書物も、衣類も洗面用具も、整然と並べられてあった。寝具からは、ムスクのような良い香りがした。

「貴方を……抱いてみようか」と呟き、指の甲でそっと頬に触れてきた。

先生は週に一度、二カ所でのカルチャーセンターのために上京する。しだいにホテルではなく、私の家に泊まっていくようになった。私はそのつど、言いようのないほど丁寧に解《ほど》かれていく。

同僚たちとの夜遊びから次第に遠のいていき、約束の日を心待ちにするようになっていた。

ところが先月のこと、認知症を患い、長野の療養所で闘病していた妻が亡くなったという知らせがあった。大橋はしばらく講師の仕事も休み、東京へ戻って来なかった。

私にはその期間が堪え難く長く思われた。妻を亡くした先生の胸の痛みについてなど、実を言えば、実感が伴っていなかった。ただ、その太い艶のある声に解かれていくのを覚えてしまった自分の体が、再会を心待ちにした。

ようやく今朝、部屋にやってきた先生からは線香のような匂いが立っていたが、鮮やかな黄色のTシャツ姿の私に、

「チュウチュウ姫は、カナリヤのようだね」

そう言い、後ろから背中に手を入れて簡単に乳房にたどりつく手はずに驚かされる。

ため息混じりに息を荒らげながら、「チュウチュウ姫にどんなに会いたかったかわからないよ」と言い、その手を腹へと落としていった。

私は声を失う。

髪の毛だけではなく、眉も髭も白く枯れた色の男からの愛撫に、夢中になることがあるなどとは、思ってもみなかった。肌の張りもない。けれど、これまで知った幾人かの男たちの誰一人も持ち合わせていなかった、瑞々《みずみず》しいほどの情熱を感じる。丁寧に、愛おしそうになぞられる私の体は、少しずつ応える。いや、はじめの頃よりはず

っと早く、すでに応えようとしている。これまで抑圧されていた本能が応えるかのように。

「それにしても、にばめるなんて言葉を、よく知ったね」

事を終えると、先生はガウンを着せられる。ベッドに肘をつき横になったまま、指で私の顎のあたりを撫でながら、訊ねてくる。

この春、私は先生へのプレゼントにガウンを買った。勤めているジュエリーショップの社員販売で、イタリア製のベージュで薄手のガウンを見つけた。せめて、事の後にはそれを羽織ってくれたら、私は先生の尻に刻まれた象の肌のような皺や、腕に浮かんだ染みを見ずに済むと思ったのだ。

私に手渡されるたび、大橋は素直に着る。

「自分でも意外だけれど、この頃、私、はまってる。先生にも、源氏にも」

「私もチュウチュウ姫には夢中だからね」

「もうその呼び名はいいでしょう」

私はベッドに腰掛けたまま、冷蔵庫から取り出したペットボトルの水を飲む。それが殊更《ことさら》美味しく、染み渡るように感じられる。先生と重なると、必ず覚える感覚がある。体の内側から水分が奪われ、乾いていくような感覚。私との時間を終えた先生の肌は艶を増し、眉や髭が勢いづき、どこか若返ったように見える。先生は、水を欲しがりもしない。

「だったら、ちい姫にしようか。源氏が都から追われていった先で世話になった明石《あかしの》入道《にゅうどう》の娘、明石上《あかしのうえ》との間にできた子でね。これはまことに愛らしい子として育つんだがね」

ふんとばかりに鼻で返事をしながら、私は先生がまるでいつもと変わらぬ気楽な様子であるのに、今更ながらに感心してしまう。

妻を亡くしたばかりなのに、鈍色を纏うどころか、悲しみの気配すら感じさせない。むしろ二週間にわたる葬儀などの煩雑《はんざつ》な手続きをやり終えた人の、清々《すがすが》しさが見える。

ふたたび、乾いた太い指を伸ばして、私の頰を撫でてくる。

千年も前に一人のタフな女によって書かれた『源氏物語』とは、考えようによってはカルトの世界だ。光源氏に限らず、宮中の男たちは、自分の周囲に小宇宙を作る。中心に君臨する男たちは女たちに、贈り物を届けて回る。性愛は、何よりの贈り物。半ば悪魔的な調教のようでもある。この軌道の外ではもう生きられないよと刻印を押すかのようなのだ。

私は、母に連れられ、暇つぶしにカルチャーセンターに出かけた平凡なOLだった。死んだ父よりも年上の講師の愛人になったなどという話は、まだ誰にも明かしていない。

ただ、謝恩セールと銘打った、倉庫を借り切っての社販セールで、そのガウンをしげしげと眺める私を目ざとく見つけた同僚の松尾鈴子は、こう言った。

「千佳、そのガウンが似合うってことは、今度の相手、そんじょそこらの若造じゃないわねえ」

父を亡くしたときに香典までもらっていたので、郷里へ送るという嘘もつけなかった。困った私は、どうやら、妖しい笑みを浮かべていたらしい。

「それに、なんだかあんた、最近、きれいよね。きれいっていうか、なんか、いやらしい感じがするようになった。体付きなのかな」

「考え過ぎでしょ」

私は笑い飛ばしたが、実は自分でもよく知っている。チュウチュウだった小学生の頃をピークに、私からはときめくという熱は消えていた。誰を前にしてもマニアックなほど夢中になれるわけではなく、幾人か付き合いかけた、いい加減な男たちとも、希薄な関係で構わなかった。

自分の体にも柔らかな隆起や繊細なくびれがあるのだということを思い出させてくれたのは、他でもない先生だった。はじめは首筋を、そして足の裏を、二つに折った人差し指の第二関節で、くるりくるりと押してくれた。首筋や肩の凝りを解いてくれて、長い時間をかけて全身を解いてくれて、それから遠慮がちに私の中へと体ごと入ってくるのだ。

先生との関係が始まってからは、以前に観た中国が舞台の映画を、よく思い出すようになった。

コン・リー演じる、貧しさに耐えかね、地方の素封家《そほうか》に嫁いだ女がヒロインの映画だ。嫁いでみて知った彼女の立場は、正妻ではなく第四夫人だった。主人の住まう屋敷には、一院二院と部屋が続く。その夜、主人がどの部屋へ向かうかは、夕暮れになり、部屋の前に奉公人たちが紅い提灯《ちょうちん》を下げることで告げられる。奉公人たちは、提灯の下がった部屋の夫人にだけ望みの食事の注文を取り、足の裏のマッサージを始める。鈴の音を鳴らすように、熱心に叩く。やがて女たちは、その音がどこかで響き始めると、その快感を思い出し、いてもたってもいられなくなる。もぞもぞ、もぞもぞと。

「ちい姫は、やがてどうなるんでしたっけ？　夕霧とは義兄妹のはず」

先生は、元受講生のそんなありきたりな問いには、軽く、答える。

「明石上は、一介の受領《ずりよう》の娘という自分の身分が、ちい姫の先々の入内《じゆだい》の妨げにならぬようにと、身を引く決心をする。源氏との幸せだった日々に授かった、大切な愛の形見である娘を京へと預ける。源氏の二度目の正妻、紫上《むらさきのうえ》には子がなく、大切に育てられる。ちい姫、三歳のときのことです。

母と引き裂かれたちい姫は、はじめ毎夜のように母を慕って帰りたいと口にするが、すぐに美しくて優しい紫上になついてしまう。明石上がちい姫の姿をふたたび目にするのは、ようやく姫君が八歳になってからのこと。娘を思う母、母を忘れゆく娘」

もぞもぞと最後は消え入りそうな声で先生がそう口にしたとき、私には胸騒ぎがあり、鳥肌が立つのを覚えた。

「先生、もしかしたら、長野で、また私の母に会ったんですか？」

「急に何の話やら。家内の葬儀には、それなりに人が集まってくれたので、よく覚えてはいないですがね」

先生はうまくとぼける。母は、同じ長野にいるのだ、葬儀に押しかけるくらいのことはしそうに思えた。大橋は、高校の古典教師時代に教え子に手をつけ離婚、その後、二度目の結婚も破綻《はたん》した。三度目の妻にしたって、長野の病院に入れられたまま放っておかれたわけだ。

「いいわ、母に訊けばわかることだから」

私は大橋の指を思い切り歯で齧《かじ》ると、ベッドの上に放った。

「ちい姫のそういうところが、私は好きですね。からっとしている。そして今はずいぶんと深く、源氏の世界に没入している。愛おしいね。私に生きる活力を与えてくれるかけがえのない人です」

大橋が、部屋の丸い掛け時計を見やる。

あと少しで、今日の講義へと出かけねばならない時間なのだろう。銀色のような光沢のある髪の毛の後ろを耳に撫で付ける。私は、その銀色に光る髭に覆われた唇に、そっと口づける。

先生は、この先もあと幾人の女たちと、何度の交わりを果たすつもりなのか。どこまで行けば満足するのか、訊ねてみたい。

カルチャーセンターに通っているのは、私のような若い女は少ないのだった。若い？　いや、今年で三十にもなるのだから、他所《よそ》で若いなどと言うのは憚《はばか》られる。けれど、カルチャーセンターでは、十分に若い。

脂肪を蓄えたおばさんたちのやり場のない欲求に囲まれて、先生はいいように弄《もてあそ》ばれている。

そんな有象無象《うぞうむぞう》のサークルから抜け出して、先生は、講義を終えてやって来る。週に一度、私を抱く。一生懸命に、時には汗を浮かべながら、私がもういいと合図するまでくるりくるりを続け、それからようやく、分け入ってくる。

私が求めれば、古典文学の一節を諳《そら》んじてくれる。くるりくるりの最中に私がうた た寝を始めると、深々とため息をつき、そばに座り、窓の外を眺めていたのも知っている。そんなときは老人らしく、背中を丸めて座っている。その姿が、嫌いではない。

〈せんせい　今週もお待ちしております。まだかまだかと御簾《みす》のうちにて控え待つ心境にございます〉

先生に届いたメールが、目に入ってしまった。老人用の大きな文字だから、覗いたわけでもなく、読めてしまったのだ。

先生には、私の他にもまだ同じような時間を過ごす女がいるのがわかる。

携帯電話を閉じた大橋は、ベージュのガウンを着たまま、困りましたねとばかりに、途方にくれて、部屋の中をうろついていた。

「まるで白粉《おしろい》がたってくるようなメールだわ」

私は笑ってみせたが、そのままキッチンのシンクに向かって吐いた。愛とか嫉妬とか、裏切りを感じたとかそういうような理由からではなく、大橋と白粉の君の逢瀬を想像し、嘔気《はきけ》を催した。

その女は何歳なのだろう。五十代なのか、六十代なのか？　幾つであっても同じようにに大橋は女の体を愛おしむのか？

「先生ってすごい。すごすぎ」

水道の蛇口からの水で口元をすすいだ私は、これきりにしようと考えた。興味本位なら、もう十分だ。ここからは、魔界――。

なのに、口から出た言葉はまるでちぐはぐだった。

「他の人は、もうやめてくれないかな」

理性を失い、物の怪になって正妻を襲った六条御息所のように、目を光らせる。

若い女であるという優越感、少なくともあの教室の中では若かったというだけのことでひたっていた自惚《うぬぼ》れが崩れていき、後には、隅々までしつこく触れられることに慣れてしまった体だけが残る。いつしか、その悦楽に溺れていた自分を思い、目尻に涙が滲《にじ》んでいた。

すぐには、終われない。私は、そのことに気づく。

「ねえ先生、返事をしていない」

ガウンを脱いで、講義への身支度を始めようとしている先生の後ろ姿に向かって、ベッドから声をかける。

ワンルーム、独身女性が多く住んでいるマンションの二階に住んでいる。オフホワイトのカーペットの上に置いた扇風機が、回ったままだ。小さなベランダに鉢植えがたった三つばかり並んでいる。去年の夏の終わり、そのどれかにやって来たらしく、鈴虫が鳴いた。去年の秋は、私にはそれが母の物の怪に思えていたのだ。

「ちい姫。講座をしばらく休んでいたから、今日は早めに行くつもりですよ」

「答えるまで、出してあげない」

そう言って扉の前に立ちいかにも幼稚《ようち》な手に挑んでみるが、先生は苦笑いをするだけだ。なだめるように肩をぽんぽんと叩き、洗面台へと向かいながら、

「私の鈍色は預かってもらっていいだろうか。これではもう、季節外れだ。一応着替えは持ってきているのでね」

「今日は、どこの巻をやるの？　それくらいは教えて」

私は返事もせずに、大声で訊ねる。

「空蟬《うつせみ》だよ」

そんな声がしたときには、大橋はまるで、なお裸のままでいる私から逃げるように、玄関で靴に足を入れていた。


〈寝られたまはぬままには、「我は、かく人に憎まれてもならはぬを、今宵なむ、初めて憂《う》しと世を思ひ知りぬれば、恥づかしくて、ながらふまじうこそ、思ひなりぬれ」などのたまへば、涙をさへこぼして臥《ふ》したり〉

大橋のいない部屋で、彼が言い残していった巻のページを開く。

なかなか寝付けずにいるうちに、「私は、これまで人に憎まれたこともなかったのに、今晩はじめて男女の仲を辛いと知って、恥ずかしくて生きていけないような気になってしまった」などとおっしゃり、涙まで流している——。

この巻では、寝付けないのが誰で、涙を流しているのが誰だったか。もはや、忘れてしまったみたいだ。

ただ確か、自分が講義を受けていた頃、大橋は「空蟬」の巻をこう話していた。

「味気ない暮らしをしてきた空蟬の元に、光り輝くような光の君が降臨《こうりん》する。女は自分のような女の元にそのような幸福が訪れるはずがないとそっけなくあたる。ひとたび契りを結んだ後に、もう一度訪れた光の君に、空蟬は衣だけを脱ぎ捨てて置いてゆく。その夜、光の君が誤って抱いたのは、若く肉付きのいい体付きをした、空蟬の継《まま》娘《こ》である軒端荻《のきばのおぎ》であった。

光の君は間違いには気づいたものの、まるで拾い物をしたかのように娘を抱き、そこでも風情のある言葉を言い残し去ってゆく。

この巻で紫式部が書きたかったのは、おそらく蟬の抜け殻そのものだったのではないかと思われます。一度、目にした抜け殻の美しさと宮中の女たちが纏う衣の美しさが重なった。作家は珍しく、その罠に落ちている。今一つ、人間模様の深みを欠いた巻だと私は感じています」

けれど、「空蟬」の巻は、私には面白かった。母も娘のことも「拾い物をしたかのように」抱いた、光源氏がそこにいたからだ。

「もしもし」

〝カナリヤ色〟のTシャツにふたたび腕を通した私は、携帯電話を耳に当てた。

電話をした相手は、昨年、京都で電話を取って以来、話していない、平井修介だった。

「今話していい？」

水曜日の午後である。働いている店の定休日が同じという以外、特別相性がよかったわけではない相手だ。修介は、裏原宿のカジュアルウエアを売る店の店長をしている。

「あ、いいよ。どうした？」

おそらく昼寝でもしていたのだろう。裏返ったような屈託のない声が返ってくる。男の声であるというだけで、愛おしく感じる。その声を発している男の体を想像するだけで、私は少し熱を感じる。

「ねえ、ビールでも飲みに行かない？」

私の声が物欲しげに掠《かす》れたのが自分でもわかると、電話の向こうの声が少し変わった。

「いいよ。こっち来るか？」

今度は私が少し考えた。

「行こうかな」

一日に二人の男と寝るのは、はじめてだった。

朝に迎えた男は七十代も半ば。年齢のせいではないだろうが、今日は何か満たされず、物足りないうちに放り出された気がした。

けれど夕暮れになって久しぶりに会った男との交わりも、やはり未熟にしか感じられなかった。言葉や声による戯れもなく、丁寧な愛撫もなく、力ずくで入ってきて、ラッキーとでも言っているかのように見えた。

しかし、もしも、この男と過ごしていなかったら、「空蟬」を読み終えた私はただひたすら空想の迷路を流離《さすら》い、顔を歪ませていたに違いない。先生は、今ごろどこで、何をしているのだろう、と。

源氏は女たちに何を残していくのだろう。酷《ひど》い仕打ちばかりが描かれていく。小宇宙の軌道から外れ、闇に葬られていく。

先生は源氏などではないのに、つい重ね合わせてしまう。自分の中で絡まった倒錯の糸が外れていかない。

「はっきり言って、俺、すげえよかったんだけど」

男の部屋の狭いベッドで、二人して仰向けになりながら、耳にする言葉。腕を頭の上に組んだ修介の胸の上を、うっすらと覆う筋肉がしなやかに動く。腋の辺りから、汗の匂いがする。

そう？　と力なく相槌《あいづち》を打ったきり、私は黙った。

別に私の方はよくなんかなかったし、若い男の生命力に溢れた匂いも嫌いになり始めているのにも気づいていた。

そんな様子を覗き見るように、修介は口にする。

「どうしたの？　そういえば千佳、急になんかやりたくなって電話してきたの？」

「うん。ちょっと、くすぶってたの」

修介は裸のまま、腹を折るようにして笑った。

「お前、変わったね、そんなにけろっとしてたっけ？」

そう言うので、真実をぶちまけてみた。自分は近頃、前に京都で話したカルチャーセンターの講師と、寝ている、と。その相手はもう眉毛まで白くて、どうやら自分の母とも、他の生徒たちである、白粉《おしろい》の君たちとも次々寝ているらしい、と。

男は口元を押さえると吐きそうになったらしく、上半身を起こしたが、そのまま咳き込んだ。

「ちょっとまじ、俺、まいった感じの告白なんだけど」

「相手が幾つだって、関係ないじゃないの」

付き合っていた頃、この男は浮気を繰り返した。ばかみたいに深夜に彼の携帯電話が鳴り続けた日があり、問い質《ただ》すとあっけなく告白した。

きっと今だって彼女はいるのだろうに、こうして元の女からの誘いにやすやすとのってくる。

修介は頭を横に振り、ふーっと長い息をつく。

「どうする？　なんか、めしでも喰いに行く？　給料前だから、大したとこ行けないけど」

「ファミレスでいいよ。お腹空いたから」

私は、振り向いた男の尻を見た。尻ばかりは、こっちの方がいいと思った。そのふくらみに、すでにいい加減に生きている雰囲気のだらしなさがあった。

ファミレスで、ようやく冷えたビールのグラスを合わせた。

さっきは部屋に行くなり、呼びつけたコールガールが来たかのように、ソファの上で私を倒しのしかかってきた。

「じゃあ、再会に」

修介が、いかにもさっぱりと荷を降ろしたかのように言う。

「冷たいビールに」

と、私は受ける。どちらも一気に半分ほどを空けた。学校給食のようなプラスチックの小さな皿にのせた、枝豆やフライドチキンも運ばれてきた。

互いの近況をなんてことはなく話し始める。修介の方は、この不況で、ショップの売り上げが低迷している。今更ながら先行きを考え焦《あせ》っているなどと、話す。

「新しい洋服着て店立つにもさ、最近の若い奴らはみんなすげぇ細いから、大変なんだよ、これでも」

私には、今大橋について以外で、特に話したいことはない。他の何にも心を囚《とら》われていない。ただ、今自分に起きていることを、なぜか一人くらいには聞いてほしい。

「不気味だよね」

私に向かって深々とため息をつき、修介は髭だらけの顔を撫でる。

「なあ、その源氏のじいさんだけはやめた方がいいんじゃねえの？」

フライドチキンにフォークをさしながら、男は続ける。

「お前さ、俺と別れるときになんて言ったか覚えてる？　そりゃ、俺もいろいろ悪かったけどさ、私にはもう時間がないんだからって。女にはタイムリミットがあるんだとかなんとかって、ぎゃーぎゃー言ったんだよ。あのときは、俺みたいな不安定な立場でそう言われても、無理だったからさ……」

「もういいの。……確かに私は、変わったのかもね」

目先の小さなことがどうでもよいように思えてきたのは、源氏のせいなのか、先生のせいなのか、わからなかった。

「へえ、怖いね。まるで宗教みたいだよ」

修介は鼻白むようにそう言い、またフォークにさしたフライドチキンを食べ始めた。


その後スクーターに二人乗りして、クラブに出かけた。修介はその晩、泊まって行けともう一度誘ってきたが、私は酔った足で帰宅した。

家の留守番電話のランプが点灯していた。先生かと期待したら、母からの短い伝言が入っていた。

「千佳、お母さんです。来週末、お友達の個展で東京へ行きます。少し泊めてもらってもいいかしら。手が空いたら、電話して」

酔っていてもわかるくらい、母の声が偽りに感じられた。個展のために上京するなど、これまで一度もなかった。それとも父の看病が続いていたから、できなかっただけで、母はそんなに芸術に造詣《ぞうけい》が深い人なのだろうか。

いや、母がまた大橋に会おうとしているような気がしてならなかった。先生は、私とこうなっておきながら、平気で母とも会うつもりなのだろうか。先生と過ごすこの部屋に、母が泊まっていくというのだ。

断る理由なら見つけられたはずなのに、私は母を受け入れた。その間、まるで申し合わせたように、先生からの連絡は途絶えていた。母が帰った後も、そのまま放っておかれた。

白粉の君の真似をして、メールでもしてみようかと思ったが、躊躇《ためら》われた。せめてもの若い女としての意地だった。

物語の中の光源氏は葵上が亡くなった後、確か六条御息所に文《ふみ》を送っている。文面は相変わらず調子のよいものだったが、文を記した紙が鈍色がかった紫だったという記述には、ときめきがあった。わざわざ染められた、特別な色なのだ。

私は先生の置いていったカーディガンを、羽織ってみる。少し線香のような匂いの染み付いたカーディガンを、母がいる間はショップの紙袋にしまい、クローゼットの棚の上に隠しておいた。

母が東京にいたのは、四日間だった。

淡いイエローのアンサンブルとグレーのパンツだったり、白いジャケットにグレーのスカートだったり、母はそれなりに清潔感のある服装で、休館となる直前の歌舞伎座を観たり、流行のドーナツを買ったりしながら東京での時間を満喫していたように見えていた。

下手に、銀座に呼んだりしなければよかったのだ。

会社のランチタイムに呼び出した母に、同僚の鈴子も合流した。

母から銀座の天ぷら屋の天丼を、ごちそうになった。昔から母が東京に来ると好きで通っている店で、ランチなら値頃で、千円と少しで食べられる。それで、からっと揚がった大きな海老、帆立、ししとうなどがバランスよく丼の上にのっている。添えられる緑茶も丁寧に淹《い》れられてくる。

「今回は個展を観にいらしたんですよね？　千佳のママ、文化レベルが高いな。前は確か、『源氏物語』の講座を受けにいらしてたんですよね？」

私は箸を持った手を止めて、母の表情を盗み見た。源氏物語という言葉に悪びれる様子もなく、むしろ少し上擦《うわず》ったように頬を染めていた。

「千佳にも付き合ってもらったのよ」

「それで、今回の個展は、いかがでしたか？」

社交上手な鈴子は、矢継ぎ早に質問を続ける。色白でふくよかな体付きの鈴子は、重役たちにも受けがよく、本人曰く、おじさまたちとうまく付き合っておいて、そのうち良い見合い話が回ってくるのを待っている、身の上なのだそうだ。

「個展というか、まあ、友人がハワイアンキルトっていうの？　あれを始めましてね、三人展っていうのかしら。三人だったか五人だったか忘れたけれど、幾人かで集まって開いた、まあちょっとした会」

母の答えはしどろもどろに聞こえる。

「へえ、ハワイアンキルトって、私もやってみたいな。ベッドカバーなんかにするといいですよね」

鈴子は、うまく話を合わせ続けていた。

「友人って、誰？」

私は、ししとうの苦みを噛《か》み砕きながら、訊いた。

「長野の人でしょう？」

母が、お茶を飲んで時間稼ぎをするのがわかった。

「そうね、千佳の知っている方だったかしら。あの、T病院の奥さんたちなんだけどね」

「ふーん、T病院ってまだやってるんだね」

ハワイアンキルトが本当であろうと嘘だろうと、母はおそらく大橋征一に会うためにやって来たのだ。母と大橋が、この一年の間にどんなやり取りを交《か》わしていたのか、私には想像さえできない。筆まめな母が、何かしらの手紙を送り、先生は光源氏よろしく、それに返礼をしたものだろうか。

話がそこで留まっていれば、母娘の話は有耶無耶《うやむや》の域を出なかったはずだった。

鈴子と私は揃いの、パンツスーツ、つまり制服を着ている。ジャケットだけは脱ぎ、ブラウスの首元にスカーフは巻いたままだ。鈴子は、ふくよかな顔に笑みを浮かべながら、こう言った。

「ママ、知っています？　千佳は、なんか、この頃隅に置けないっていうか。この間の謝恩セールでは、結構な値段のするガウンを買ったんですよね。ラクダ色のね」

今度手を止めたのは、母の方だった。

「千佳って、時々男の子みたいな格好しているから、自分で着ているんじゃないかしら。どうなの？」

「まあ、そんなとこ」

私は愛想笑いを浮かべた。幼い頃は大好きな母だった。優しくて、きれいな、自慢の母だった。父がどうしようもない浮気性で、母が苦しんだのは知っている。長野のような所では、ご近所にも噂は立ち、母は惨《みじ》めな気がしていただろう。ある頃から、不思議なふてぶてしさを身に纏《まと》うようになった。現実の苦しみからの逃避だったろうか。自分はさも浮世離れした人間なのだというふりをするようになっていった。心を砕くその先は、『源氏物語』の講座であったり、陶芸の世界だったり変えながら、その都度没入していった。

思春期の頃の私は、いつも母の心は家の中にはないような、捕え所のなさを覚えていた。体当たりしたくても、その先でぬるりと躱《かわ》され、母の瞳の中に私は映ってはいなかった。

その晩、部屋に戻ると、母が私の部屋の家捜しをした様子がうかがえた。ランドリーボックスの底に沈めておいたラクダ色のガウンは、ドライクリーニング専用のはずなのにご丁寧にも、洗濯をして干されてあった。決定的だったのは、クローゼットの奥から引き出された鈍色のカーディガンが、きちんとハンガーにかけられてあったことだ。

「帰る前に、せめてものお礼に、少しだけ片付けておいたわ」

母は楚々《そそ》とした様子でそう言い、冷たい目で私を見た。

大好きだったお母さん。子どもの頃の、優しくて、泣き虫だった母。私が父に叱られると羽を広げるように庇《かば》い、一緒になって泣いてくれた母はもういない。そこには、一人の年取った女がいる。

「少し年上の人と付き合っているのよ。そのうち、お母さんにも紹介するね」

「少し？　ずいぶん上なんじゃないかしらね。このカーディガンの趣味なんか」

母の顔の中に修羅《しゅら》が見えた。

「やめない？　いつもはそんな、部屋の中の物を探し出したりなんかしなかったでしょう」

カーディガンの持ち主を、母は察したろうか。鼻をつけて、匂いを嗅いでみるくらいはしたろうか。

「千佳はまだ若いのよ。これからの身。私とは違う。私になんて、もうどうせ何も残っていないんだから」

「いい年した娘は、もう生き甲斐《がい》にはならないですか？」

母はそれを聞くと、皮膚の薄い両手で顔を覆った。爪を伸ばし、マニキュアを塗り、指輪をつけた細い指は、女そのものだ。

「……千佳、あなたに年寄りの何がわかる？　あなたのところにいるときには見せないかもしれないけれど、ひとたび外に出たら、きっと背中を丸めて歩き出すわ。トイレは近くなり、歩いていてもすぐに休みたくなる。眠りは浅く、早朝から目が覚めるの」

　母の語る年寄りとは、誰なのか、私は確かめるのが怖い。もしかしたら、自分自身のことを言っているのかもしれないという気さえする。

「いろいろ、あるの。いやなこと、途方に暮れるような現実がいろいろある」

　母はそう言って、細かく震える手で額を押さえた。

　母はその晩、予定を伸ばしもう一泊し、翌朝早くに帰っていった。

　私は一気に年を取ったかのようだ。鏡に映る自分はまだなんとか肌艶もよく、髪も黒々としているが、時折恐ろしい夢を見て、はっと目覚めてしまう。

　白髪頭の、深く皺の寄った顔になって、うまく起き上がれない。急に、そんな老婆になった夢を見る。いつもベッドの上に、先生のカーディガンをかけてあるからかもしれない。または先生のカーディガンには、物の怪が取り憑《つ》いているのかもしれない。このカーディガンを置いていったのだから、先生は帰ってくるはずだと、私が安心できるたった一つのもの。あちらこちらに毛玉のついた、鈍がかった茶色のカーディガン。私が目にした先生の喪服に束の間安らぎをもらう。

「ああ、千佳さんかな。私です」

伸びのある声の電話を受けた。

「しばらく留守をしました。あなたに頼み事があって、電話をしたんですがね」

夢の中なのか、現《うつつ》なのか、私は確かめようと窓を開けた。深夜だというのに、たむろする若者たちの声が蒸し始めた夜気にくぐもって響き、現実離れして思えた。

「先生の鈍色のカーディガンは、ずっと置き忘れられたままですよ」

「ちい姫、長野まで、来ることはできないかな。夏の間、私はこちらで集中講座を受け持つことになってね。ちい姫と温泉へでも出かけたくなった」

耳元に囁かれる先生の声が、私の目を覚ます。体の中でへし折れていたはずの、ろうそくの芯が立ち上がる。

「どこへ行けばいいの？」

私は呟いている。私も先生と温泉へ行きたい。あのぎょろりとした目で、半ば唇を開いたような顔で、全身を見つめられたい。

定休日に有給をつけて、会社に休暇願いを出した。突然言い出したので、鈴子はまたふふんと怪訝《けげん》そうに、眉をひそめた。鈴子にも紹介しないし、母にさえ内緒にしている。よほど理由のある相手と付き合い始めたと、同僚は勘ぐっている。

新幹線に乗ってしまえば、長野までは「あさま」に揺られ、二時間もかからずに到着する。

車両の密室より解放されて、ホームに降り立ったとたんに涼しい風に包まれた。草木のような懐かしい匂い。郷里であるのに、近頃はまるで足が向かわなかった場所だった。

駅を降りていくと、停車してある銀色の車の運転席に、艶のある先生の白髪が見えている。窓だけ開けて私の顔を確認する。助手席に座ったところでそれ以上こちらに視線を送ってくるわけでもない。生真面目な顔をしている。少し頬がこけたろうか。

「シートベルトをして」

言われた私は、拍子抜けしたような顔をしていたはずだ。調子のいい言葉の一つもない。車はそのまま長野自動車道の豊科《とよしな》インターに入り安曇野《あずみの》市へと向かった。

車を停車させるまで、先生はあまり話もせずに、真剣にハンドルを握っていた。運転を代わってあげようかと思ったほどだ。だが私は、勝手にカーラジオのチューニングをして窓を開いた。

途中の山道でそばを食べ、冷たい抹茶を点《た》ててもらい、先生は私に風車を一本買ってくれた。

風車に息を吹きかけて歩いていると、先生は久しぶりにぎょろりとした目玉で、腋の辺りや二の腕、唇を順に丁寧に見つめる。私は、解かれ始める自分を感じる。

小川のせせらぎを、橋の欄干《らんかん》に並んで聞く。川で冷やされたスイカやラムネの瓶の輝きに見入る。

しばらく自分の周りから消えかけていた色彩が戻ってくる。先生と一緒の時間の中で、蘇ってくるのを覚える。

宿は、木立に囲まれた水辺に立つ庵《いおり》だった。景色に向かって窓がせり出している。身を乗り出して風を浴びていると、部屋の中で風車の赤や青の羽根も一緒に回っている音がかたかたかたかたかたかたと響く。

後ろからそのまま抱きかかえられた。はじめ少しだけ躊躇ったように手が伸び、やがてあっけなく、サージのワンピースのスカートの中で下着が引きはがされていた。

自分の体の輪郭を、一つ一つ思い出していく。先生の手や言葉によって、乳房は柔らかく揺れ、臍《へそ》はぎゅっと締まる。体から滴《したた》るものが溢れ、全身の毛穴が開いていくような、強烈な震えに導かれていく。

こんな風に、愛されたことはない。いや、先生は別に女たちのことを愛しているわけではないのだろう。源氏と同じように、無常の世界を生きているのか、それとも単に性の猛者《もさ》なのかもわからない。

ただそうして女たちから震えを導き、そのまま生命の糧《かて》にしているようにも見える。

先生との性の後では、風景が違って見える。樹木が輝き、水辺はいっそう光って見える。

運ばれてきた食事に添えられた、食前酒に小さな氷が浮かんでいる。手の中で、音を立てて揺れている。

「こんなところまで来てしまうなんて、やっぱり私は、はまってる。先生に」

「ちい姫、早く飲みなさい。氷がすっかり溶けてしまうよ」

先生はすぐに食事を始めている。食欲も、旺盛なのは、知っている。

「なぜかしら、先生といると風景が違って見える。どこもかしこも、そうなの」

ちらっと、こちらを見上げる。

「あなたはこの暑さで、少し痩せてしまったのではないかな。今日はよく食べなさい」

浴衣《ゆかた》の胸元をちらりと見やり、また箸を動かし始める。時には舌鼓《したつづみ》を打ったり、唸《うな》ったりしながら食べる。

「こんなにゆっくりするのも一緒に外で泊まるのも、はじめてで、うれしい」

ガウンの代わりに、先生の方も今日は浴衣を着ている。不思議なことに、浴衣はあまり似合わないようだ。ぎょろりとした目玉の下には、大きなたるみの襞《ひだ》がありどこか日本人離れした顔立ちなのだ。背も百七十五センチはあり、年からすると長身の部類だ。

「先生のお母さんって、どんな人だったんですか？」

二人きりの静かな部屋の中で、先生が物を嚙んだり、飲み込んだりする音だけが響く。

「さあ」

「さあって、自分の母親よ」

いよいよ質問されることに嫌気が差したのか、先生は箸を膳《ぜん》に戻した。自分で猪口《ちょこ》に日本酒を注ぐ。

「貧しい家の生まれだったからね。母は長野の山村で生まれて奉公《ほうこう》に出た。その先で身ごもったのが私です。そして私がまだ生まれないうちに、奉公先を追い出され、困り果て、後の父となる男に拾われた」

窓から入り込む夜の風が涼《すず》やかだった。

まるで『源氏物語』の講義と同じように話し、先生は遠くを見て、それから呟いた。

「私はどうやら最後まで母親のことを許せなかったようでね。いろいろなことがありましてね。母も生きていくのに必死だったのでしょう。新しい父親の言うなりでした」

「でもきっと、美しい人だったのでしょうね」

先生は、それには答えなかった。私は刺身の赤い身を、醬油に浸す。

翌日は、私は持ってきた中でもっとも暗い色の服を着るように言われ、淡いグレーのノースリーブのワンピースを選んだ。フレアスカートが大きく広がる。

車で連れられ到着してみると、そこは長野市内のセレモニーホールだった。掲げられていたのは、〈大橋清子《きよこ》　四十九日法要〉の文字。入り口にはたくさんの花が届けられており、いろいろ立派そうな肩書きの人たちの名前も並べられていた。

大橋は、説明もせずに、私を連れて会場の入り口をくぐった。

受付で顔を合わせた喪服姿の長身の男に紹介された。

「ああ一之《かずゆき》ね、この方は東京で何かと仕事を助けてくれている秘書の木田千佳さん。私が近頃老いぼれて、何かと忘れることも多いので、助けられているからね」

大橋とよく似た顔立ちで、背はさらにすらりとまっすぐに空に向かって伸びているという印象だった。

「私が四十を過ぎてからの子どもだから、一之はあなたと同じくらいの年かもしれませんよ。今日はこんな機会なので木田さんにお見えいただいたからね。一之、後はお前の方でご案内をして」

そう言うと、先生はわざとであるかのように、背中を丸めとぼとぼと畳の間を進み始めた。

そういえば昨夜私は、母が言っていたことが気になって、よく寝付けなかった。先生は宿の料理もよく食べていたし、何かと旺盛に見えたが、いざ床につき、夜が更《ふ》けると、隣の枕では薄闇の中で目を開けていることが多かった。ぎょろりとした目玉がじっと空《くう》を見つめ、光って見えていた。

寝息を立てずに目を瞑っているときには、先生がそのまま死んでしまいそうな気がした。

　立派な祭壇だった。この周囲にも、有名な出版社や新聞社などからの花が並んでいる。

　先生が人々からの尊敬を集めたからこの立派な法要を行えるのか、または妻が元々資産家なのかわからない。私には後者のように思えたのは、集まった親族とおぼしきご婦人たちが放つ独特の気品、畳の上の歩き方や、向かい合ったときの会釈の仕方、小声で話す仕草や笑い方、すべてが田舎であっても、優雅だったからだ。

「さあ、こちらへどうぞ」

　一之氏に誘われて、ずらりと並ぶテーブルの一角に座らされた。父親譲りの堂々とした姿勢で案内され、私はいつしか先生の妻の法要の席に座っていた。ごくごく淡い鈍色の衣を纏い、窓から入り込む冷たい風を感じていた。

庭園の黄櫨《はぜ》

用意された席にまるで遺族のように座っている間、私は苦しくて仕方がなかった。先生の奥様の四十九日法要は、なかなか終わらない。読経《どきょう》は続いていたが、私は耐えきれずに洗面所へ向かうふりをして席を立ってしまい、ロビーをくぐりぬけた。

外気にあたると、ようやく少し呼吸が楽になる。木立の緑が放つ新鮮な空気が、肺に入り込んでくるようだった。

般若心経《はんにゃしんぎょう》がまだ頭の中で反響していたが、それもすぐに、消えていくはずだと自分に言い聞かせた。

立派な祭壇の中央の遺影では、豊かな髪を肩の辺りでカールさせたご婦人が微笑んでいた。老いの域に入りながらなお浮き名を流し続ける先生に、一体どれほど愛想が尽きていただろう。

ホールの裏手よりさらに奥へと進んでいくと、畑が広がっている。まだ微かにお経が響いてくるのは、ホールから漏れ聞こえている音のせいなのか頭の中の残響音なのかわからない。畑を縦横に通る細い道をやじろべえのようにバランスを取って歩いていく。こんな旅になるとは聞かされていなかった。法要に列席するなどまるで考えがなく、持ち合わせの中からもっとも鈍に近い色で選んだワンピースは、ノースリーブで裾《すそ》がフレアに広がる。

ふと視線を感じ顔を上げると、ホールの裏手に立って、こちらをじっと見つめている喪服姿の長身の男がいた。堂々とした体躯《たいく》の、先生の一人息子、一之だった。

私がその場に相応《ふさわ》しくない行動を取っているのは明らかで、まずやじろべえの手を降ろした。両手をスカートの前に組んで頭を下げると、彼も同じ仕種《しぐさ》を返してきた。

東京からやって来た大橋の秘書だなどと、彼だって信じているまい。だいたい、秘書ならなぜ、そんな大切な儀式の場所から抜け出して、やじろべえをしているのだろう。

そうなの、私はあなたのお父さんと、そんなことになってしまいました。まるで心の中で告白するかのように彼を見つめるが、罪の意識すら覚えないのは、許されているような気がしたからかもしれない。

そのままホールに引き返すのかと思っていたら、彼は少しずつこちらに近付いてきた。

畑にはり巡らされた道は細く、バランスを失うと水の中へと落ちてしまいそうな気がする。やめようとしてもまたやじろべえになり、その都度、フレアスカートの裾が揺れた。

彼はじっと見ている。父親と同じように、射るように女の全身を見つめる。

「どうかしましたか?」

小声ならまだ届かないほどの距離を保ったまま、彼はそう訊ねてきた。そして、続けた。

「父が、心配だから見て来いというものですから」

「あの、ただちょっと外の空気にあたりたくなって」

私が苦しい言い訳をすると、彼は笑った。

「なんだか、楽しそうに歩いていたから、まあ心配する必要はなさそうですね」

左手の薬指に、指輪が光っていた。もう一度こちらをじっと見つめてきた。

「すぐに戻ります。わざわざすみません」

私が頭を下げると、

「いいんですよ」

真顔になって、一之氏はネクタイを緩めた。

「私も、ああした席は苦手です。……そうだ、美味しいコーヒーでも、飲みにいきましょうか」

「これから、ですか？」

その晴れやかな表情に唖然としてしまう。

「ええ、よければごちそうしますよ。それともコーヒーは嫌いですか？」

断るべきなのだろうが、ネクタイを緩めた彼はすでに手に車のキーを握っている。行くのは決めたという風だ。

実の息子がサボる法要なのだから、他人の私が退席して何が悪いと開き直る腹が据わった。むしろ、もっともあの場にいるべきではない人間なのだから。

彼の運転する、よく磨かれたセダンは、二人を乗せて、郊外へと進み始める。

一之はネクタイを外してしまい、喪のジャケットを脱ぎ、シャツの袖をめくり、車の窓を開ける。

「なんて、清々しい陽気なんだろう」

どこか父親譲り、まるでのうてんきな台詞《せりふ》を口にして、開いた窓に右腕を載せている。

私は不思議なものを見るような思いで、その整った横顔を見ていた。整っているが、少し取り澄ました感じがするのは、母親の面影と重なる。先生とは対照的で、薄い唇は品良く見えるが、情に薄い感じは否《いな》めず男としての魅力に欠ける。

「お母様に、そっくりって言われませんか?」

思わず訊ねると、微笑みを返してくる。

「言われますよ。母すら晩年は、よくそう言っていました。もう、最期の方は、自分の産んだ息子のことすらわからなくなっていたのですがね。ただ、父が来たときだけは、口紅を引きました」

どこまでコーヒーを飲みに行くつもりなのか。田舎道を飛ばしていくトラックをよそにして、一之氏は左側の走行車線で慌てる様子もなく運転を続けていた。法要は父親に任せて自分は戻る気がないのだと悟り、それならそれで気が楽だと私は緊張を解いた。

郊外に向けて、十分は走ったはずだった。

木立の隙間から、赤い屋根が見えた。小石をはじく音を立てながら、タイヤがゆっくりと山小屋風の建物の前で停車する。店からは、車内に居てもわかるほど、コーヒーの香りが漂ってきた。

「ああ、やっていてよかった。さあ、どうぞ」

導かれて、店内へと入った。

先生からの誘いがいつもそうであるように、その息子からの誘いもよどみがない。

窓辺の席に向かい合って座り、コーヒーが二つ注文される。

窓からの冷たい風は、東京より早く秋の気配である。鳥のさえずりが聞こえてきた。

「本当に、うちの法要は長いんです。これで戻っても、きっとまだ平気でやっていますからね」

そういうことだったのかと、私は納得する。一之は、輝くような目でこちらをゆっくり見つめている。

「きれいな方だな。父もあの年ですから、どこで倒れるかもわからず心配していたんです。何しろ、流連荒亡《りゅうれんこうぼう》の困った人間だ。あなたのご連絡先をうかがっておけば、少しは安心です。書いてもらっておこうかな」

紙ナプキンを差し出され、私は自分のハンドバッグから出したペンで、名前と携帯電話の番号を書いた。会社で支給されるボールペンのヘッドには、小粒だがブルーサファイヤが埋め込まれている。

一之は、書き終えた私からペンを奪った。「Chika Kida、きだちかさん。確かさっきそう紹介されたばかりだったのに、女性の名は、なかなか覚えられないたちです。

どんな字？」

黒いボディに彫られた名前を見つけ、口にする。私が答えている間に自分も同じようにメモを記し、手渡してきた。

コーヒーの香りに目を細め、ため息まじりにこう口にした。

「父なんて、放っておいていいですからね。源氏研究だか何だか知らないけれど、本当に勝手なことばかりして家族を振り回してきたんです。息子としては、まさか自分が源氏のつもりじゃあるまいと、それだけは願っていますがね」

まるで自分は父とは別の人間だと主張するように、そう言った。

私は、何を加えたわけでもないコーヒーカップの中をスプーンでかき回し、その琥《こ》珀《はく》色の渦を見つめる。カフェインを含んだ香りに心は少しだけ落ち着くのだが、胸に重さは増すばかりで、濃厚な色のコーヒーを、どうしても口にする気になれなかった。

先生の話をもっと訊きたいように思った。自分の知らなかった先生について、もっと訊きたい。

読経の声に、両手をそっと合わせたまま、目を閉じて座っていた先生の、光るような白髪を思い出していた。日に焼けた肌を覆う艶のある白髪は、今なお生命力に溢れて見える。交じり気のない白髪は美しく、性などからは遠のいた現実離れした清潔感を漂わせて見えるのがずるい。その柔らかな手は、昨夜は、宿の浴衣に包まれた私の体をまさぐり続けたというのに。

「一之さんは、源氏は、あまりお好きではないんですか？」

私が訊ねると、彼は腕時計の針を確認する。

「源氏物語が好きな男って、そういるんですかね？　父は変わり者でしょう？」

そう言うと、カップのコーヒーを飲み干す。

私も、冷え始めたコーヒーを何とか飲んだ。

「もう、戻りますよね。これで私もようやく眠気が醒めました。少し、寝不足だったので」


思ってもみなかった時期に、私は引越しをすることになった。

すでに街路樹は色づき、枝や幹に必死にしがみつく葉は、強く吹く風にさわさわと音を立てていた。

「あなたは、どう思いましたか？」

不動産屋の若者が運転する車の後部シートで、先生は私の組んだ脚にそっと手を置き、そう訊ねてきた。

私は胸に手を当てた。この頃、息をするのさえ苦しくなる。ただ息を吸うのが苦しく、胸に鉛がのっているみたいで、食欲がわかない。

おそらく、鉛は自分自身への責め苦なのだと思う。どう考えたって、この状態はおかしい。先生は、すでに妻を送ったとはいえ、もう七十代も半ばなのだ。妻の生前から、源氏講座へやって来る年増の女たちと次々関係を持ち、私だけではなくおそらく、母とも。見かけとは裏腹に、そうした化け物だ。

「どう思うって？　まさか、一緒に住むとかそういうことですか？」

私は、運転席に聞こえないように、声を潜めた。

先生は、そうとも違うとも答えない。

「あのね、ちい姫、一之が、あなたをとても気に入ったようですよ。東京へ行くたびホテル暮らしでは心配だから、部屋を借りたらどうかと言ってきたんです。面倒な手続きは、あの子がやるでしょう。あなたは家賃の心配もいらなくなるでしょうし」

私は、目眩《めまい》のような感覚を覚え、車の窓を開けさせてもらった。

こんな高級車で送り迎えしてくれる不動産屋さんがあるのだなんて知らずに、三十年近くも生きてきた。見てきたばかりの部屋は清澄白河《きよすみしらかわ》という、馴染みのない駅のほど近くにある戸建てだった。都心からは離れているが、昔外国人が建てた住宅で、かなり人目を引く和洋折衷《わようせっちゅう》の様式だった。清澄庭園へも、歩いていける。

気に入ったかどうかと訊かれたら、東京の街でそんなところに住めるなんて考えてもみなかったと素直に答えるべきだ。

けれど、胸の重苦しさは増すばかりだった。

先生と同じ家に暮らす。自分はまた一歩、知らない混沌の領域へと分け入って行くことになる。

「一之は、あなたに何か言った？」

ひと月ほど前の法要の日の、夏の名残《なごり》のようなむし暑さを思い出した。

「きれいな方だって」

先生は、にやりとして私の膝をさする。

「そう、あいつもそんなことをね。私にはただ、あなたは、余計なことを言わないかい、と、言っていましたけれどね」

私は、八年にわたり住んでいた、中野坂上《なかのさかうえ》のワンルームの部屋を解約した。ちょうど更新が迫っていたし、先生の言う通り毎月の家賃八万円からも解放された。

引越しのトラックに荷物を積んでもらっている間に、これまで付き合ってきた男たちと起こしたささいな痴話げんかや、交わりを思い出していた。振り返ると、幼いとしか感じられなかった。でも今となっては、すべてが青々とした葉のようで愛おしい。浮気をされたと言っては泣いたり、騒いだり、早く結婚したいのだと相手に迫っていた自分は、確かに子どもじみていた。性に縛られてしまう恐ろしさも、まだ知らなかった。

今は、目の前に広がるすべての風景にセピア色がかかったように見える。

先生の荷物は、長野から段ボールで幾つか運ばれたに過ぎなかったが、新しい家具は幾つも百貨店から運ばれてきた。

ベッドには金色の脚と天蓋《てんがい》がついていて、生成りのレースのカーテンが、寝室を覆っていた。二人を待ち受けている部屋に、そんな新婚カップルのような家具が次々と運ばれてきたときには、私は恥ずかしくて赤面した。

だがその寝室で、私は、先生に愛されている。足の裏や背中をくるりくるりともみ解《ほぐ》されて、その手が体を這って上がってくる。しつこいほどいじられているうちに、体の芯はいつでも発火寸前に熱されている。

食欲は失うばかりなのに、性への欲望は溢れていき、私は他にはあまり物事を考えなくなった。欲望だけが、ぽうっと灯りを灯《とも》し、自分の内側で輝いているようだ。

先生は、カルチャーセンターで講義のない日も毎日出かけ、どこかへ立ち寄って帰ってくる。生徒のご婦人らに誘われるままに呼び出されていくのか、それとも自分から誘っているのかもわからない。帰宅しても、すぐに一階の自分の仕事部屋に引きこもってしまう夜も稀《まれ》にあるが、たいていはどんなに遅くても、二階の寝室へと上がって来て、寝ている私を後ろから抱いてくる。交わらないにしろ、抱きしめてくる。

二人でする食事は外食で構わないらしく、たまに私が用意する適当な料理は、美味しいとも言わずぞんざいに口にする。

自分を、『源氏物語』の姫君たちにたとえる気は毛頭ないのだが、私が今、どれかの姫のように扱われているのは確かだ。寝室の隣に置かれた私一人の部屋の窓からは、この家の庭が見える。春にはたくさんの花が咲くはずだと先生が言うとおり、窓を開くと緑の香りを含んだ風が通り抜ける。源氏が住んだ六条院《ろくじょういん》には、春夏秋冬の町と呼ばれた邸《やしき》があり、それぞれに姫たちが迎えられた。春の花々に囲まれた春の町に迎えられたのは紫上で、源氏は春の町から秋好中宮《あきこのむちゅうぐう》の住む秋の町へ、船を渡して奏楽《そうがく》を楽しんだと、「胡蝶《こちょう》」の巻には描かれていた。

紫上は、男たちの理想だ。

源氏が、幼少期に見つけ出し、理想通りに育て上げた姫。二人の距離は、姫君の成長とともに縮まっていき、源氏は何所《どこ》よりそばである春の町に、この姫を置いた。

それでも、紫上を正妻とすることはなかった。源氏三十九歳の年に、もはや望んでもいなかった高貴な位、天皇を降りた方に次ぐ准太上天皇《じゅんだいじょうてんのう》の位が与えられる。その際にも、そばにいたのは紫上のはずだった。

共に育てた娘代わり、明石姫君も無事に嫁がせ、二人だけの余生を送ろうと約束を交わし、そんなときになり、源氏は兄の朱雀院《すざくいん》より、第三皇女である内親王《ないしんのう》、女三宮を妻にしてはもらえぬものかと打診される。女三宮の年齢は、そのときまだわずか十四歳。数々の候補者の名が挙がるが、身分の差などにより朱雀院の気に召す者がない。いよいよ源氏の息子、夕霧に白羽の矢が立ったとき、源氏はふと自分自身が三宮を妻に迎えると、承諾してしまう。

六条に戻って紫上に、それを伝える「若菜《わかな》上」の巻。

〈またの日、雪うち降り、空のけしきもものあはれに、過ぎにし方《かた》行く先の御物語聞こえ交はしたまふ。

「院の頼《たの》もしげなくなりたまひにたる、御《お》とぶらひに参りて、あはれなることどものありつるかな。女三の宮の御《おん》ことを、いと捨てがたげに思《おぼ》して、しかしかなむのたま

はせつけしかば、心苦しくて、え聞こえ否《いな》びずなりにしを、ことことしくぞ人は言ひなさむかし」〉
（略）
〈深き御山《みやま》住みに移ろひたまはむほどにこそは、渡したてまつらめ。あぢきなくや思さるべき。いみじきことありとも、御ため、あるより変はることはさらにあるまじきを、心なおきたまひそよ〉

翌日、雪がちょっと降って、空模様もおかしくなってきた。

「朱雀院はとてもお弱りだった。お見舞いに参上して、胸を打たれました。女三宮の身の上を、このまま放ってはおけぬと案じられ、これこれしかじかのことをおっしゃったので、お気の毒で、お断り申し上げることができなくなってしまったのを、人はたぶんこのことを大げさに騒ぐでしょう」

（略）

「（女三宮が）こちらの山深い方へお移りになるころには、あなたもおもしろくないとお思いになるでしょうが、たとえどんなことがあっても、あなたに対して、決して今までと変わることはないのですから、気にかけないでほしいのです」

女三宮が降嫁《こうか》し、六条院に迎えるための心づもりを、紫上に伝える。朱雀院のたっての願いを断るわけにはいかなかったと言い訳し、あなたへの愛はこれまで通り変わらないと誓う。

しかし紫上が受けた心の傷は深く、やがて心身に失調を来《きた》し始める。

かつての貴族たちは、小さなうわさ話の世界を生き、思い煩《わずら》ってばかりいる。

「先生にならきっとこのときの源氏の気持ちがよくおわかりなのでしょう？　一之さんが言っていたわ。まさか、自分が源氏のつもりじゃあるまいって」

先生は、小さなため息を漏らしたが、返事はしなかった。

「そう、一之がね」

寝室の窓辺に置いた揺り椅子に座る先生を見下ろすように、私は窓辺に腰掛けている。

いつものように、ジーンズにタンクトップだけでいるには身震いするほど肌寒く感じる季節になり、紺色のカーディガンを羽織っている。家が古いから余計に寒々しいのかもしれない。タンクトップも下着も、ごく薄いオーガニックコットンが増えた。皮膚が透けて見えるほど薄くて、絹ほどではないにしろ滑らかな生地だ。

先生の着るものは、私には何だっていいのだが、あまりおじいさんに見えない方が似合っているような気がする。襟ぐりの深くないTシャツに、淡い色のチェックのシャツ、コットンパンツ、今日もせっかく若々しいのに、なぜかその上にラクダ色のベストを着ている。

私は、しつこく訊ねる。

「源氏はそのとき四十歳を目前にして、わずか十四歳の女三宮のことも、ほしくなった。ただ、それだけのことだったのでしょう？」

揺り椅子に座る先生の白い髪が、さらさらと月明かりを浴びて光り輝いている。もう一度覗き見ると、先生は椅子を少し揺らした。

「女三宮は、紫上の従妹《いとこ》にあたる。つまり紫上と同じように、源氏が恋い焦がれた藤壺中宮の姪《めい》なわけです。今も忘れ得ぬ藤壺宮の面影を思い浮かべる。出会った頃の紫上の利発な愛らしさも脳裏をよぎる」

「つまり、どうしても、彼女もほしくなった、わけでしょう？」

私のしつこさに先生は、苦笑する。

「源氏は、終生母の面影を探し求め続けたのです。つまり、彼がほしかったのは、ただの色ではないのです。自分の心を唯一包容してくれる広い存在、そして自分と結ばれることで広がる無限にして完璧な宇宙だったはずです」

そこまで言い切って先生は、私の足をつかんだ。

「源氏は、女たちの体に広がる無限の可能性、つまり宇宙を見ていた。それは、西洋的な宗教観やモラルからは切り離されたところにあるとても日本的な性への意識です。現世だけを見ているわけでもなく、永劫《えいごう》続くものを信じ続けるのです。紫上は、源氏の最たる理解者だった。源氏の君が丹精《たんせい》を込めて、男のすべてを包容する存在に育て上げたのです。紫上の支えあってこそ、源氏は出世をすることもでき、心の平穏も手に入れた。けれど、彼はまたその信頼を傷つけてしまう」

女たちの体に広がる宇宙。女たちもまた、それを見つけてくれる男たちとの出会いを求めて、性を重ねていくのだろうか。

「紫上を失ってからの源氏は、一気に衰えていきます。まあ、何かと図式化されて解釈されることの多い人間関係なのですがね」

「ただの色好みなはずなのに……、少なくとも、先生の方はそう」

私はわざと悪たれて、足を差し出す。先生は自分の胸元まで運び、足の甲から裏にかけて頬ずりをした。親指を軽く噛み、熱をはらんだため息をついた。けれど何かを思い出したように、私をそのまま放り、また立ち上がった。

扉の前で、ふと立ち止まった。

「そういえば一之が、近々やって来るそうですよ。家族を連れて。清澄庭園の紅葉でも見て、食事にでも出ようと話しています」

「ご家族でって、私は、どんな顔をしていたらいいの？　秘書がこんな風に、寝室も共にするのですか？」

慌てて、胸に手をあてる。

「あの子はそんなことを訊いてきたりはしないでしょう。晴れるといいが。

〈わすれじな今宵《こよい》ぞ中の秋の空

さやけき月はまたも見るとも〉

後崇光院《ごすこういん》のこの和歌が、今日はとてもよく似合います。

ちい姫、源氏は妻に迎えた女三宮に幻滅する。何をするにも、幼稚だったからです。よくわかるでしょう？　今だって、男が女に幻滅をする理由は変わらない」

まるで他人事のようにそう言うと、あくびをして扉を閉めた。

十一月に入り、東京にやって来た一之とその妻は、どちらも色合いこそ異なるが、高級そうな革のブルゾンを着ていた。

二人の間の子どもは、羊毛で編まれたベージュのダッフルコートに、茶のショートパンツをはいていた。走り回るとおかっぱ頭の光沢のある髪が揺れ、すれ違う人たちに、まあ可愛らしいなどと誉《ほ》められるのにも、家族は揃って慣れているようだった。

江戸時代には隅田川《すみだがわ》から水が引かれていたという清澄庭園の広大な池には、全国各地から名石が集められている。水鳥をはじめとした野鳥も飛び交い、さえずりがそこかしこから響いた。富士山を象《かたど》った築山《つきやま》は、水辺にその影を映し込み、地味ながら趣《おもむき》のある風雅な庭園だと先生は好んで時折散歩をしていた。サザンカやヒガンバナといった、どちらかというと寂しい植物が目につくが、秋の紅葉を楽しみに訪れる人たちで賑わっている。

「あら、きれい。小さな葉が真っ赤になって。おとうさま、これはなんという樹?」

「黄櫨《はぜ》ですね。あまり触らない方がいい。ウルシの仲間です。黄櫨の紅葉は、黄櫨紅葉《もみじ》といって、俳句では秋の季語の一つです」

「おとうさまはなんでもご存知だから、歩いていても楽しいわ」

一之の妻は、長男の嫁らしく、上手に先生に甘える。先生も悪い気はしないらしく、続ける。

「黄櫨というのはね、実の方も、面白い。黄櫨の実も、秋の季語です。はじめは青いのがだんだんとこうして黄に色づいていき、やがて褐色になって朽ちる。ほら、ごらんなさい」

触るべきではない、などと言っておきながら、自分は二本の指でその実をつぶしてみせた。

「なんとも脂《あぶら》っこい実でね、鳥たちを誘うらしいですよ。昔は和ろうそくや石けんの材料にもなったそうですが、冬になるとカラスやキツツキなんかがね、好んで食べに来る。実は食べてもらって運ばれ、また繁殖していくわけです」

子どもは紅葉など見ても退屈なのか、しばらくは池のほとりに置かれた石で磯渡《いそわた》りを楽しんでいたが、やがて樹の枝を拾っては、鯉《こい》をつつき始めた。

かなり乱暴に水を叩き、しぶきが上がっているというのに、この家族は誰も注意を与えない。

仕方がないので私が小声で囁いた。

「鯉が可哀想よ」

すると息子は、驚いたように顔を上げた。

「うるさいな、大丈夫だよ」

一之の妻も立ち止まり、それを耳にしたらしくしゃがみ込む。

「まあ、うじゃうじゃいるのね。餌《えさ》だと思って揃って大きな口を開けて、なんだか気持ちが悪いこと」

「鯉は雑食で悪食《あくじき》なんだよ」

一之氏も皮肉めいた口調でそう言い、すると子どもは急に興味を失ったのか、手にしていた枝を池に向かって投げ入れた。

私はこの家族には、啞然とするばかりだった。

殊更《ことさら》、庭園を愛《め》でるわけでもなく、かといって父が心配で上京したという風でもなかった。

歩いて五分ほどの場所にあるどじょう料理の店を予約してあった。骨の抜かれたどじょうのすき焼きや丸鍋といった料理の昼食となった。先生に頼まれこの店を選んだが、どじょうは不慣れで私はますます食欲を失った。添えられた豆腐だけは味をよく含み、その滋味が体に染み渡った。

昼食を済ませると、家に寄る予定になっていたのだが、一之の妻は一人で街へ出かけてよいかと遠慮がちに訊ねてきた。銀座で買い物がしたいのだそうだ。

一之と子ども、先生に私という四人で、家の中で過ごそうにも、おもちゃの一つもない。

けれど子どもは、自分の用意してきたゲーム機で遊び始め、先生はいつものように仕事部屋へと入ってしまう。

一之は庭を眺めたり、趣向を凝《こ》らした部屋の作りの一つ一つをじっくり見ている。

リビングには二つの洋窓が対角線上にはり出しており、中央にはこの家の所有者のものか、大きな林檎《りんご》のような形のシャンデリアがはじめから具《そな》わっていた。

二階へと上がる階段の手すりは宮大工の手による彫刻がなされ、その正面に切り取られた窓は、まるで風景画のように庭の植物を見せる。

「ここにこんな大きな窓とは、なかなか思い切れないな。庭にも黄櫨が、植えられていますね」

二階への階段を上がりかけ、窓の前に足を止め、独り言のようにそう呟く。

「先生は、窓から見える植物の名をみんな言えるんです。季節ごとに花が咲くだろうって」

「古典なんかやっていると、必然的に草花には強くなるでしょうからね」

二階は寝室と私の部屋なので、それ以上、上がられるのは困ると見上げていると、一之氏も察したようで戻ってきた。

「あなたも、ここを気に入ってくれているのならいいのだけれど」

一之は、まだ新しい白いソファに腰を降ろす。

「幾ら父の好みでも、何しろ古いので大丈夫かと訊いたのですが、あなたが気に入っていると言ってきかない」

この家の賃貸契約の名義は一之氏になっている。貸料は、相応に高価なはずだ。

「あのような老人の世話をしていただくのですから、だったらと思い切りましたよ。妻が、父の面倒までは見られないと、長野から追い出したも同然なものでしたから」

そんな経緯があったとは、私は知らなかった。先生は、そこまで老人扱いされる必要がない。一之もその妻も、先生には今だって色に衰えがないのを、きっと知らないのだ。

一之は、だからそんな目で私を見るのだろうか。瞳に情熱的な光が宿り、薄い唇がかすかに開いた。

私が訝《いぶか》るように見つめ返すと、慌てたように、言葉を発する。

「白がよくお似合いですよ。今日は一段とおきれいだ」

半袖の白のタートルネックに、グレーのスカート、グレーのストッキングを穿《は》いて出かけた。先生といるうちに、だんだんと地味になっていく。

子どもはゲーム機から大きな音を鳴らし始め、余計に夢中になって遊んでいた。部屋のどこにいても、めまぐるしくかわる画面の様子がよくわかる。

「貴之《たかゆき》くん、でしたよね？　今、幾つなんですか」

「来年の春には、小学生です。僕ら夫婦はなかなか子どもを授からなくてね、結婚して十年たって、ようやっと生まれてきてくれたんです。だから、つい甘やかしてしまう。それに、大人だけの生活にあまりに慣れてしまっていたものですからね、僕らも子どもとどう過ごしていいのか、実は持て余しているようなところはありましてね」

「そんなこと、言わない方がいいんじゃないですか？　本人の前で」

貴之を見やり、つい囁くような話し方になる。

一之は、小さく笑みを浮かべ、頷いた。

「あなたのおっしゃる通りだ。なあ貴之、庭で遊ぶかい？」

子どもは手を止めるが、

「いいよ、別に」

一之は頭を横に振って失笑し、ため息まじりに呟いた。

「この通りです」

夜は、両手にたくさんのショッピングバッグを提《さ》げて戻ってきた妻と一緒に、水天《すいてん》宮《ぐう》のホテルの中にある店で中華料理を食べた。その後、家族は東京駅に隣接するホテルへ泊まる予定になっていた。

一之の妻は、銀座での久々の買い物がよほど気分転換になったのか、終始機嫌がよく、私にもしきりと話しかけてきた。

「化粧品も何でも手に入って、銀座はいいわね」

「ええ、私も以前の職場は銀座でした。夜の仕事ではないですけど」

話を合わせながら、毎夜のごとく自分たちがしていることを、先生を追い出したという彼女を前にして、考えていた。

それにしても、この妻には、外見を装う以外に興味がないのかと心配になってくる。

食事の席でもずっとゲームをしている子どものことを、相変わらず叱りもしない。大人しくしているから、それでよいと放っているようだ。

食事を終えて地下鉄の駅まで送ろうとすると、貴之が急にむずかり始めた。

「どうして、おじいちゃんちに泊まらないの？　お庭で虫捕まえるんでしょう」

母親のバッグに手をかけて引っ張る。

「急にそんなこと言わないでちょうだい。今日はもうたくさん遊んでもらったでしょう？」

妻が眉をひそめて、手を引こうとする。

子どもが可哀想な気がしたが、急に泊まると言われても寝具の用意もない。

貴之は眠いせいもあるのか、母親に手を繋がれたまま、通りでしゃがみ込んで泣き始めた。

「大丈夫よ、あなた。タクシーに乗せてしまえば眠るわ」

妻は、夫にそう言い放つ。

私は貴之を特別愛らしいと感じたわけでもなかったが、この夫婦には今日一日かけて呆れるばかりだった。子どもを遊ばせてもやらず、時間つぶしのゲームだけ与えている。きちんとしつけもされず、こんなに愛らしい見かけなのに、この子にはまだ子どもらしい誇りがないのだ。

「あの、貴之くん一人だけでも、お泊めしましょうか？　それで明日、私がホテルまで送っていってもいいし」

余計な提案だとは思ったがそう口にしてみると、妻の方は、あらっとばかりに目をしばたたかせて、こちらを見た。

「そう？　そんなこと、頼めるのかしら」

楚々《そそ》とした外見からは、想像もつかないようなげんきんな口調だった。

「ええ、お二人でたまにはごゆっくりなさるのもよいのではないですか?」

子どもは、それはそれで嫌がるのではないかと案じたのだが、泣くのをやめて、私と手を繋いできた。しっとりと湿り気を帯びた手が、力むようにつかんできた。

「それは、この方にはお願いできないよ。だったら、僕も残らせてもらうさ。貴之が寝ついたら連れて帰ればいいんだから」

一之はそこまで苛立《いらだ》たしげに言いかけて、小さなため息をついた。

「君は確か、ホテルでマッサージか何かを頼んでいたんだよな?」

「エステって言うのよ」

「寝ついたら、必ず連れ帰るから、先にホテルへ戻っていなさい」

一之は、眉間に皺を寄せる。

「じゃあ、お先に」

妻は悪びれもせずに、通りがかりのタクシーに手を上げて、乗車した。

先生は、一連の騒動が終わると、誰より先にとぼとぼと家の方に向かって歩き出した。歩くには十分以上はかかるはずだが、通りは照明でこうこうと照らされている。

なぜか私が貴之と手を繋ぎ、その横には一之がいる。

繋いだ手には厚みがあり、男の子らしく力強かった。覗き見ると、丸い額にも、汗が浮かび、さきほどまで全身で抵抗していたときの姿をふたたび思い起こさせた。

子どもを育てた経験がないから無責任なだけかもしれないが、あんなときこそ親は、我が子を殊更《ことさら》愛おしいと感じるのではないのか。全身で訴えてくる力を眩《まぶ》しいと感じるのではないだろうか、と想像した。同時に、そんな私はきっとこの先も、ほしかったものを持たずに終わってしまうのだと、自分に言い聞かせていた。

「帰ったら、虫を見つける？」

「ううん、別に」

「おじいちゃまは、鈴虫を見つけてくれるかもしれないよ」

ちょうど一年前の秋、あの何の面白みもない中野坂上のワンルームの小さなバルコニーで、鈴虫が鳴いていた。その音の響きを耳にしながらも、先生は私の足の裏をくるりくるりとしながら解いていった。

先生は、どこにいてもぶつぶつと源氏の講義を続ける。艶《つや》のある声で読み上げられる古典は、染みを作るように私の脳裏に小さな点を落とし、やがて広がっていく。その秋耳にした鈴虫の声は、千年の時を経て届いたかに聞こえた。

部屋に戻ると、私はストッキングを脱ぎ、髪の毛をまとめ、貴之を風呂に入れてやった。

バスタオルでくるみ、くすぐってやると、子どもらしく身を捩《よじ》って笑った。子どもの小さな性器はほとんど目にした経験がなく、触れるのも怖いような気がした。

先生と一之は、リビングでワインを開けたようだ。

「僕もなんか飲む？」

貴之に、氷を浮かべたミルクを手渡すと、喉を鳴らして飲んだ。

習慣になっているのか、またゲームに手を伸ばそうとしたので、一之にそれを制してもらった。

「ずいぶん、ゲームが好きなようだね」

先生も、誰にともなく暢気《のんき》な口調でそう呟く。

「よくないとは、思っているんですが、母親の方が、今時《いまどき》の子は、取り上げたところでわめくだけで、もう好きなだけやらすしかないと言うんですね」

一之は、そう口にしながら多少不憫《ふびん》になったのか、タオルにくるまれた息子を膝にのせた。貴之の、口ひげのような白いミルクの跡が愛らしいのを、先生も見つめている。

私はもう一度、自分に問いかける。先生とこうしている以上、もう子どもを持つなど望むべくもないけれど、本当にそれでよいのか、と。

女三宮は、源氏を裏切り、物語に最後のどんでん返しとも言うべき見せ場を作った。源氏の正妻でありながら、不義の子を身ごもる。

密通の相手は、源氏の息子夕霧の親友である柏木《かしわぎ》だった。かねてより女三宮の高い位に執着のあった柏木は、大胆にも六条院の女三宮の閨《ねや》に忍び入る。位こそ低いが、柏木は年相応の相手だった。女三宮にとっては、はじめて迎えた源氏こそが、おじいさんのようだったに違いない。

毎日が、混沌のうちに過ぎていく。なぜ、私は先生といるのか？　一緒に暮らすようにさえなってしまったのか？　一つ一つの選択は自分でしたくせに、いい年をしてまるで何かに搦《から》めとられたかのような顔をして過ごしている主体性のなさは、母と同じだ。その母にも、仕事仲間にも、清澄の家の存在はまだきちんと伝えていない。また胸が苦しくなる。食べたものをすべて戻してしまいたいような重みを感じる。

「おいで」

貴之に向かって手を伸ばしてみると、彼ははじめ照れくさそうに首を横に振っていたが、一之氏にそっと背中を押され、こちらにやって来た。

抱きしめると、タオルが落ちてすべすべの肌が現われた。なんと清潔な体つき、まだ歩みたての、命。

思わず胸にこみ上げる思いがあり、

「かわいい子」

耳元でそう囁いていた。


テーブルに向かって一緒に悪戯書《いたずら》きをしているうちに、貴之はこくりこくり居ねむりを始めたので、寝室へ連れていった。子どもは天蓋つきのベッドを不思議がる様子もなく、じきにあくびを繰り返した。

子どもの寝息に呼吸を合わせていると、体が溶けていきそうな安らぎがあった。

ノックの音で、目が醒めた。

「一之です。子どもは、どんな具合でしょうか?」

慌てて身を起こし、扉を開く。そのすぐ向こうにいるのが、老人でも、小さな子どもでもない、健全な肉体を宿した長身の男であるのが、暗がりでもわかった。闇に目を光らせて立っていた。

灯りをつけようと壁際に手を伸ばすと、手首を摑まれた。

「待って、そのままで」

そう言って、自分の方へと引き寄せてきた。少し、足取りがふらついて酔っているようだった。

「会ったときからずっと、震えが来るほど、あなたがほしかった」

「酔っているんですか？」

手を引き抜こうと抗《あらが》っても、痛いほど強く握られた。

「黙って」

唇に当てられた指が、やがて熱い舌へと変わった。体が壁に押しつけられた。男の大きな手は、私の衣服の上から体の線を乱暴になぞった。まるでそれが自分の思った通りのものなのかどうかを真剣に確かめるような手つきだった。やがてスカートの下に伸びてきた手は、下着にかかり、私は思いきり突き放した。

しかし彼は、今度はおそるおそる両腕を伸ばしてきて、私を抱きすくめた。

「怒らないで。僕はただ思わず」

彼の体の中央で大きく硬く膨《ふく》らんだものの存在を衣服を通じて感じた。それは、久しぶりに感じる健全な、若い男の逞《たくま》しさだった。

階下で音がして、彼はその手を放す。

「今度は、あなたに会いに来る」

彼はそう言って、ベッドで寝ている貴之を抱きかかえ、階下へと降りて行った。

「あの、よく寝ています」

息子の声に、先生は暢気《のんき》に返す。

「そう、本当によく眠っているようだね。タクシーがすぐに来るといいが」

太い伸びのある声が響き、私は我に返る。灯りをつけて、鏡に顔を映す。頬が赤く火照り、まるで性行為を終えたばかりのような顔をしている。

芯に火を灯された体は、酔って自分を陵辱しようとした男を今すぐにも連れ戻したいような衝動を伝えてくる。恐ろしくなり、鏡の中で泣いている自分に驚いていた。

階下にタクシーが到着し、先生が見送った様子が伝わってきた。

やがて、階段をゆっくりと上がってくる足音が聞こえた。

ベッドの上に座っていた私の横に腰を降ろした。

「ちい姫、どうしました？」

「何でも、ありません」

「そう、何だか泣いているみたいだけれど。貴之がすっかりあなたに懐《なつ》いてしまってお世話をかけましたね」

先生の胸に顔を埋める。この頃はいつも、私の選んだ石けんの匂いがする。老いていようが命のある人の肌は、温かいのだ。

先生は、指の腹で私の涙を拭った。眠そうに、子どものようにあくびをした。

「悪いけれど、まだ少し目を通したい資料があるので、今日は下で過ごします」

私は立ち上がり、先生の丸い背中を見送った。


仕事帰りに、鈴子と寄る店がある。日本橋にある立ち飲みのショットバーで、外国人も多く、女同士でいるとよく奢《おご》られる。

そんな店に入るのも久しぶりで、形のいいパンツにショートコートを羽織ったままの鈴子は、しきりと絡んでくる。

「ねえ千佳、どうかしちゃった？　最近、ひどく付き合いが悪いんだもん」

「そうだったかな。鈴子とは久しぶりになっちゃったね」

私はロングコートの下に、ミニスカート、グレーのストッキングを穿いている。

二人でジントニックを飲んでいたら、背広姿の白人二人組が、ワインのボトルを手に、すでに陽気に出来上がった感じでやって来た。

さっきから、コートのポケットで携帯電話が幾度もバイブしているのが、気になっていた。幾度も鳴らすとしたら、何か気に病み始めると、やたらとしつこくなる母だ。元の電話番号は転送にしてあるが、引越しに気づいた可能性もある。

トイレに立つふりをして外へ出た。着信表示は違っていた。

「もしもし、先生、どうしました？　具合でも悪いんですか？」

「ああ、千佳さんね、急なんですが、ちょっと今夜から長野へ帰ってきます。考えてみたら明日の朝の講演を頼まれていましてね」

先生の声色《こわいろ》にいつものような流麗さがなく、私に嘘だと気づかせた。

「そんなに急なご用事だったの？」

「忘れていたんです。いよいよボケたのでしょうね。まあ、三日くらいで戻りますよ」

「くらいって……」

車の通りが多く、クラクションが鳴り響いている。夜の街はこんなに騒々しかっただろうか。通話を切ろうとする先生を電話口に留めて、訊ねた。

「一之さんたちのところへ泊まるのですか？　それとも、どこかホテル？」

電話の向こうの先生は、少し黙り咳払いをした。

「まあ一之のところに、寄せてもらおうと思います」

新しい女だという勘が働いた。長野へ行くという話自体嘘かもしれない。呆然と立ち尽くした体から、力が失せていく気がした。

通話が切れた後も、しばらくガードレールに腰掛けていた。私はもう一度、シルバーの電話機を顔に近づけた。

「もしもし」

電話を、握りしめる。

「木田です。木田千佳です」

この通話の相手も、しばらく黙った。

そして静かな口調で声を返してきた。

「あなたから、電話をもらえるなんて、思ってもいなかったな」

自分だって、思ってもみなかった。まさか、この男に自分の方から電話をするだなんて。

「うかがいたいことがあったんです。先生が、明日からそちらへ行くというのは、聞いていますか？」

訊ねる理由を、取り繕《つくろ》う余裕もなかった。

「父が、ですか？」

彼が苦笑している顔が、見えるような気がした。ほら、また始まったでしょうとでも言いたいのかもしれない。源氏気取りの父親を、彼は流連荒亡だと嘲《あざけ》ったのだ。

「もしもし、千佳さん、もしもし」

私はバーへ戻った。

その晩は、奢られるだけ酒を飲んだ。

白人好きな鈴子は、気の合う男を見つけて、次の店へ流れて行ったが、私は側《そば》にいる男の毛むくじゃらの腕をはね除《の》け、一人で居残った。

今頃先生は、誰と一緒なのだろう。また新しい白粉の君を見つけたのか、それともまるで若い子なのか。私が女三宮の話などしたために、先生の未知なる関心に火をつけてしまったのか。それとも、もしかしたら、あのとき先生こそが私に幻滅していると伝えたかったのかもしれない。先生は突如として、男が女に幻滅する理由を、なぜか急に語り出したのだから。

椅子をあてがわれ、いつしか店の片隅に、眠っていたらしい。

バーテンダーにタクシーに乗せられ、家に着くと明け方近かった。清澄の家の水色の壁は薄汚れており、あちらこちらが朽ちかけているのに、気づかされた。けれど庭園だけは、無節操なほどに生い茂っている。

着替えて、何とか出社しようと試みたが、体が思うように動かなかった。

どうせ先生は帰らないのだと思うと、バスローブを羽織ったまま、リビングの床に足を投げ出し、リモコンをテレビに向ける。

先日の貴之も、同じように座り、ずっとゲームをしていたのを思い出した。

昼近くなり鈴子が、電話をかけてきた。会社のトイレから電話をしているようだった。

昨夜の男と盛り上がり、デートの約束をした。相手は金持ちのようだが独身なのかどうかは疑わしいなどと、興奮気味に話すのが、正直言うならうっとうしかった。

「千佳、もしかして、お泊まりしちゃったの？」

「ちがうって、ただの二日酔い。あの後、すごい飲んじゃったから」

力みをなくすと、以前の、先生とはまだ出会ってもいなかった頃の自分へと戻っていくかのようだ。天井からこんなシャンデリアは、もちろん下がっていなかったわけだが。

「ふーん、たまには一緒に飲もうね。やっぱ千佳といると、なんか当たりがいいもん。魚がよく釣れる感じよ」

「鈴子は、いつからそんな釣り好きになったの？」

話しながらも、冷たい水を飲み続けた。大きなペットボトルからグラスに移すのも面倒で、そのまま口をつけていると、水は首筋や胸元へと垂れて、バスローブに吸い込まれていく。

「明日はちゃんと行くから、ごめんね」

通話を切ると、電話を床に放り、ソファで大の字になった。

テレビのリモコンを、しきりと押しているうちに、うたた寝してしまう。体のしびれで目が醒め、バスローブの前がはだけて、あられもない格好をしている自分を見つける。そういえば休みの日といえば、いつもこんな風だった、と私は自分自身に問いかける。

鍵穴が、がちゃがちゃりと音を立てていた。

先生が、急に帰ってきたのだ。女にふられたのか、それとも本当に講義を済ませて帰ってきたのか。問いつめたりせず、何も言わずに迎えようと、喜びが先にたった。こうして、ちゃんと無事に帰って来た先生に対し、そもそも私が怒る理由などはじめからないはずなのだから。

「待って、中から開けるから」

ローブの前をおさえて心を弾ませて玄関まで駆け寄ると、向こうから扉が開いた。外に向かって引かれたドアの隙間から、グレーのコートの裾と、大きな黒い革靴が見えた。

相手はいつものように、戻りました、とは告げず、しばらく身動きもせずに戸惑っているのがわかった。

やがて大きな上背から、黒々とした目がこちらを見下ろしてきた。

「心配だったから」

男は、薄い唇を動かしそう言った。先生ではなく、妻の方によく似た一之がそこに立っていた。

「あなたが心配になって、つい」

抱き寄せられるままに、体は傾いていった。冷たい外気をまとった男の胸が、そこにあった。

光らない君

天蓋《てんがい》に結びつけた白のファブリックの一つ一つを、一之の長い指が外していく。

「天蓋とは、貴い方を覆う屋根という意味もあるそうですよ。白海《びやつかい》とも言うはず。あなたがこんなところで寝ていたとはね」

父親が施《ほどこ》した麻地のファブリックに平然と触れながら、彼は呟き続けた。

裸の男は目を細めたままもう一度、ファブリックで覆われた空間の外側を透かし見るようにした。

今にも父親が帰ってきそうだと感じたのか、それとも自分がそろそろその天蓋の外側へと帰って行かねばならないと感じたのか。

ベッドの背に体をもたせかけたまま、男の背筋を眺める格好になった私は、中央に並んだ背骨がしなやかに動く様に見惚れていた。

適度に浅黒く、肌の表面が汗ばんでいるのか輝くように見えた。背骨から外側に向かって伸びた筋肉の動きが、手のひらの中にあったつい先ほどまでを思い出させた。

もう一度疼《うず》きを覚えた。すぐそこまでやって来ていたはずの船が遠ざかっていき、私はあっけなく置きざりにされた。船に乗り込めば温かいお茶くらいは振る舞われただろうに、代わりに鉛のような重さだけが体内に残されていった。

布と戯《たわむ》れている。惚《ほう》けた子どものように、頬を寄せている。

「僕のこと、おかしいと思うでしょう」

一之は振り返りもせずに、そう言った。

「可哀想だよね、僕は」

自嘲気味にそう呟くと、もう一度私の方へとやってきて、その大きな手に柔らかく乳房をつかみ、その薄桃色の先に唇をつけた。

愛人の息子、ひと言で言えばそうなる。この部屋に私を囲っている彼の父親は、今は仕事と称して旅に出ている。おそらく、新しい女連れだ。

庭園に黄櫨《はぜ》の木のある、清澄白河のこの古い邸を借りてくれたのは、息子である一之だった。

父と、その秘書だと嘯《うそぶ》く私のために、大きなシャンデリアのある邸宅を契約してくれて、だが父の不在を知ると、こうして寝台まで上がり込んだ。

愛人がカルチャーセンターで講師を務める源氏物語の世界では、「輝く日の宮」と呼ばれるようになる藤壺宮が、夫である帝《みかど》を裏切り、その息子である「光る君」、源氏と関係を持つ。源氏にとって藤壺は、亡き母とあまりによく似た面影を持つ美しい人、幼い日から思慕と憧憬の対象だった。自分は元服し、妻をめとり、満たされぬままに女たちとの契りを結んでいくが、藤壺への恋心は絶えることがなく、四月の短夜《みじかよ》に、ふたたび結ばれてしまう。

「若紫《わかむらさき》」第二章、第一段。

〈上のおぼつかながり、嘆ききこえたまふ御気色《おんけしき》も、いといとほしう見たてまつりながら、かかる折だにと、心もあくがれ惑ひて〉

父帝のご様子には同情しながらも、このような機会を逸《いっ》しては、また恋しいあの方にいつ逢えるとも知れない、と源氏は、何としてでも藤壺に逢おうと足掻《あが》く。

魑魅魍魎《ちみもうりょう》のうごめく世界。なのに、絢爛《けんらん》な絵巻の中では、父とも息子とも寝た藤壺は、高貴で気品のある非の打ち所のない女として描かれ、生涯光源氏の憧憬の対象であり続けるのは、なぜなのか。

好色な父の息子は、グレーのコート姿でやってくるなり鍵で扉を開けた。息子は、先生よりも長身で浅黒く、黒い瞳を揺らし、玄関先に立っていた。私を抱きしめると唇を塞ぎ、抱え上げた。以前に一度だけ、彼の子どもを寝かせつけた覚えのある寝室へと上がっていき、彼はコートを着たままで私のバスローブを剝いだ。

〝おやめになって。何をなさる〟

御簾《みす》の中の姫君たちのような台詞《せりふ》は、私からは出てこなかった。

こんなことか、というような、妙に呆れたような腑の落ち方をしていた。

この部屋の賃料を払っているのが彼なのか父親の方なのかは知らないが、契約のための面倒な手続きをした彼は、当然のようにこの家の扉を開くための鍵を持っていた。

家具や、庭木の黄櫨と同じように、この敷地に住まわせた私も付属物なのだ。物語の女たちも同じように、春の町の紫上も藤壺宮も、男たちがその屋敷に住まわせた女たちだ。藤壺の邸には見事な藤が植わっていた。没落した藤原家の出である式部が、真の栄華を知る一族の象徴として、藤壺を描いたという説もある。

さしずめ私はひょろりとした「黄櫨」の宮というわけか。

まさか、父と息子が示し合わせていろいろな女たちを共有しているというわけではあるまい。しかし、父の寝床をさも平然と眺めている。もはや私の中には倫理観の欠片《かけら》もない。

父が父なら、子も子なのだろうから、きっと女の体を解《ほど》くのはいとも容易《たやす》いはずだ。

彼は確かに、手慣れた男に見えた。長い指先は器用に下着まで剝いでいき、大きくて乾いた手は、体の輪郭をなぞるように描いた。臍の下の丸い月のような部分を、手のひらを広げて幾度も撫でた。ゆっくり大きく円を描きながら撫でていき、やがて子を宿すかもしれない女の体への慈しみのように、温めていった。

父親と同じように、女の体のその向こうにある宇宙、無常の世界へと熱心にたどりつこうとしているかのようだった。節度を超えた荒い呼吸は、性への情熱に感じられた。食べ物を前にして、んむんむと唸る男は魅力的だ。それと同じように、女を前に吐き出されるあでもうでもない言葉にならないような吐息は、言葉以上の意味を放った。さきほどまでの「こんなことか」が、私の中では、じきに「こんなことっていいかも」へと置き換えられていった。

古《いにしえ》の姫君たちが、何をなさるの？　と、もったいぶって言ったのならば、現代を生きる私の心はこう呟いてしまう。ねえ、こんなことをして、いいと思ってるの？　どうなったって、もう知らない。

一之は自分の衣類も脱ぎ捨て、肌を合わせた。かすかに汗ばんだ互いの体は、引き付け合った。私にとってみれば、好ましい重量や滑らかさをもった弾むような体だった。けれど、彼のスイッチは、最後の最後で機能しなかった。彼の顔は、急にそっぽ

をむいた。拗《す》ねた子どものように天蓋の四隅にくくられたファブリックを外してい
き、戯れるように頰や唇を押し付けた。
そして「可哀想だよね、僕は」と、呟いたのだ。
「こんなこと」をしておきながら、それはないでしょう、と言ってやりたかった。六条御息
所だ。封印されていたはずの女の火照りに火がつけられて生き霊となったのは、年増《としま》女の悶《もだ》えは、千年前にも変わらずあ
ったのだと伝えてくる。
一之はベッドの上を這ってきて横に並ぶと、背中に腕を回してきた。
そういえば先日、美容室に置いてあった雑誌で「腕枕の意味」というエッセイを読
んだばかりだった。
女のエッセイストが、書いていた。近頃の男たちが、わざわざ腕枕までして一緒に
寝ても、「それ以上」をしようとしないものだから、女たちがこぞって頭を悩ませて
いる。「それ以上」を知っているのか、いないのか。知っていようがいまいが、「それ
以上」の関係にいたるためには、現代の女たちは、男たちを宥《なだ》めたり、励ましたり、
時には脅したりと、あれこれ宿題をさせる母親のように作戦を練らねばならない。ど
うでもいいけど、腕枕って、そんなものだったっけ？　というような軽妙な文章だっ

た。この文章なら、紫式部が生きていてもおほほと笑うかもしれないなと思ったのだ。

私の肩に頭をのせる一之に向かって、言ってやった。

「私が傷つくから何か言わねばと思っているのなら、その必要はないみたい。だって、そもそもとっても変な話だから」

横で笑ってくれたのが救いだった。

「あなたは、面白い。普通はね、どうしてって訊くのが女性というものですよ」

一之は他人事《ひとごと》のようにそう言った。

「じゃあ、訊こうかな。どうして？」

話すつもりがあるのなら、訊いてみたかった。自分の前で不能になった男ははじめてだった。特別自分の裸に自信があると言っているつもりはない。つまり私は、いかにも女好きな男に言い寄られてはその気になって落ちていく適当な女なのである。自分から積極的に男にアプローチして、何とか抱いてもらおうなどと考えた例《ためし》はない。つい最近なのだ。こんなに性の味を覚えてしまったのは。すべては、先生に会ってしまってから。

男が不能になる理由なら、訊いてみたかった。特に、一之のような物事をよく知ったふりをする男から話してほしかった。

「あなたは、僕があの人の本当の息子だと思っていますか？」

　彼は唐突に、そう話し始めた。

「違うの？　だって、よく似ているじゃない。先生もそう言っていたし」

　私の答えに彼は、首を横に振り、ため息をついた。

「僕は母の連れ子なのです。僕がよく似ているのは母の方です。いや、母が好む男たちが似ていたのかもしれないね。実の父親も長身で、確かに彼とも似ていなくはなかった」

　睫毛を伏せた横顔は、唇が薄いからなのか、先生と較《くら》べてしまうからなのか、やはり第一印象の通りで、どこか軽薄にも薄情にも見えた。

「お茶でも飲みますか？　あなたはコーヒーが好きだって言っていたけれど、私はベッドでコーヒーを飲むのは好きではないの。紅茶か、お水なら用意します」

　私は今更、秘書らしい言葉遣いに興じる。

「冷えた白ワインなんてあると最高なんだけどね。そういうのは、注文リストにはないのかな」

　彼も、それに乗じてみせる。

私は一体、何をしているのか。間男を受け入れたも同じだ。ましてや、愛人の息子なのだ。なのに、こんなに容易《たやす》く気持ちが和《なご》んでしまった。

そばにあった自分の着ていたバスローブを羽織り、ベッドから降りた。天蓋のファブリックがまとわりつき、その外側に出ると、呼吸まで自由になった気もしたし、急に仕えの身になったようにも思えた。

「白ワインなら、あったと思うわ」

ファブリックの内側へ向かってそう言ってみた。一人取り残された一之は、どこか心細そうに虚《うつ》ろな表情で力なく笑っていた。

円形の銀のトレイにワイングラスを二つ並べると、一之がコルクを抜くのに少し手間取りながら、開けて注いでくれた。アンティークのワインオープナーを扱い損ね、指先を少し切ったようだった。

ベッドで白ワインを飲むのははじめてだった。

二人でグラスを持ち上げてはみたが、乾杯する理由が何一つないのを互いに悟り、顔を見合わせる。結ばれもせず、グラスだけが祝いの音を立てる。

冷えたシャルドネは、先生がもらってきたそこそこの高級品らしくて、一之は改めて大きな手にボトルを載せて眺めている。

二人が身動きすればベッドが揺れて、麻のシーツの上でトレイが動いた。

「このファブリックに麻を選んだのは、あの人なの？　それとも、あなた？」

父親もここで寝ているのを知っているのを、ついに言葉にしてきた。

「私よ」

「だろうね。あの人なら、シルクだとかさ、そういう何かぎらついたものを、選びそうだもんね」

苦笑して、私は答える。

「ただ社販で見つけただけ。もうわかってると思うけど、私は先生の秘書なんかじゃなくて、銀座にあるジュエリーショップの店員なの。たまにイタリア製品の社販があって、案外いいものが並ぶんです」

ワインの酔いもあって、今更取り繕《つくろ》う気にはなれなかった。一之が、もしも私が父親の愛人だと気づきスイッチを落としてしまったのなら、今からする話もしやすいに違いない。

「趣味がいい。少なくとも僕は、あなたが身につけるもの、選ぶものが大抵好みですよ。まあ、ただ一つを除いてね」

そう言うと、鼻を鳴らした。

まだ庭の黄櫨の実が黄色く鈴なりだった頃、ここへやって来た一之とは、まるで親しめなかった。秘書などと嘘をついている自分にも後ろめたさがあったし、彼ときたら「きれいな方だ」などと真顔で口にして全身を見定めてくるような、手に負えない嫌味な男に見えた。

けれど今は、案外優しい顔をしている。息を荒らげてわざわざ裸にまでした女の前で、いきなりスイッチを落としてしまったのだ。もうどこも強ばってはいない。お釈《しゃ》迦《か》様のように涼しい顔をしている。

「あの人はね、自分の友人であった僕の本当の父から、母を奪ったんですよ。母には、財力があったからね。僕と、そして乳飲み子だった妹を引き取るのも、容易だったわけです。そこまではそう珍しくもない情熱的な駆け落ち劇かな。だけど結局はその後も精力が尽きず、まああちこちで火種を蒔《ま》いた。そうして、母を狂わせた。想像できるでしょう?」

私は答えなかったが、自分と母がカルチャーセンターに通い始めたわずか一年半前を、遠い昔のように思い出していた。

「あの人はね」

そこまで言うと、一之はグラスにワインを注ぎ足した。

「僕の妻にだって、平気で色目を使うんです。妻はばかな女ですが、あの人を、心底疎んでいる。だから、とても一緒には住めないと言ったのです。なのになぜ女たちは、あなたもだ、あんな染みの浮いた老人に身を寄せていくのか、僕にはちっともわからない。彼は源氏の登場人物などではなく、ただのしがない、カルチャーセンターの講師なんですよ」

グラスの中で、新緑の木漏れ日のような色を帯びた白ワインが揺れるのを眺め、一之は飲み干した。

「私の質問には、答えてくれていないけど。だいたい、あなたはどうしてここへ来たの？」

一之は、私のグラスにもワインを注いだ。

いぶかる私の顔を覗き、悪戯っぽい表情をして見せた。

「さあ、あなたとなら、やれる気がしたのかな。あなたみたいな女を、その愚かさを犯してやりたいと思ったんですよ」

偽悪的な言葉がまるで似合っていないのは、母親譲りの上品な顔立ちのせいだろうか。

「母の法要の席で、はじめて会ったときから、強く惹《ひ》かれるものがあった。それも答えだし、あなたを助け出したかったのかもしれない。いつもの白塗りのおばさんたちと違って、あなたはまだとても若かったしね。どれが答えか、自分でもわからないんだ。だけど、居ても立ってもいられずに、来てしまった」

その法要の席を、一緒に抜け出してコーヒーを飲みに行った。先生の秘書として紹介されて、それを必死に演じていた自分が思い出すにも滑稽《こっけい》だった。

「僕はね、もう長い間、不能なんですよ。息子も不妊治療でようやく授かった。いや、何を言いたいかはわかっている。確かに勃起はする。でも、いざそのブラックホールのような暗がりを前にすると砕けてしまう。心理的なものです。すべてあの男のせいだと思いますがね。あの男の磁力のようなものに吸い上げられていくように感じる」

そう言って、両手で顔を覆った。

「もう一本、飲みましょうよ。どうせ先生は帰ってこない。ワインなら、まだ少しあるみたい」

素直に頷く男に、さきほどまで彼が着ていたコートを手渡した。

「いつまでも裸でいるのもなんだから、もう下へ降りるのもいいんじゃないかしら」

気疲れするはずの男を相手に、自分の中でわずかに愛しいような気持ちが膨らみ始めているのが不思議だった。同級生と裸で遊んでいるような、自分を拘束していた紐《ひも》から解放されたような、心地よさがあった。

私はおそらく、心のどこかでは先生を憎んでいるのだった。

刹那刹那《せつなせつな》に得る光を栄養とするように、銀色の髪の毛を輝かせ今頃はどこで誰と過ごしているのだろう。

老いているのは、間違いない。一之のような輝く肌もしなやかな筋肉も、とうに失った体で、なのに今なお張りのある声で話し、その目には情熱が宿る。女を見る時だって、ただ体をではなく、上辺でもなく、宝探しをするように真剣だ。懸命にたった一つのものを探し続けているかのように。どこかにあるはずの安らぎを必死で得ようとしているかのように。

一之とは、共犯の関係が始まったのを私は悟った。

共犯者は、訊ねられるままに、実の父親について話してくれた。

「僕と同じ建築士だった。手先が器用で、父の書斎には、蝶の標本がずらりと並んでいたんです。子ども心に、僕らの作る標本とは次元の違う美しいものだと思っていましたよ。父とあの人は、県立高校の同級生です。よく父の生家にも遊びに来ていたそうです。不幸な生い立ちの青年だから、よくしてあげようと、父方の祖父母は食事をごちそうしたりよく面倒を見たはずです」

若い日の先生は案外、想像の中のぎらぎらした青年とは違い、大人の同情を買うような寂しそうな姿だったのかもしれない。

「学費が足りないと困っていた頃には、父のところが金の融通だってずいぶんしたそうですから。それがどうして母に手を出すんです？」

あなたのお母さんの方だって、どうかしているでしょう、という言葉は自分を棚に上げて口にはできなかった。

先生から、一之に血の繫がりがないという話は聞いていなかった。自分が四十過ぎての子どもだから、私とは年が近いのではないかとぽつりと話してくれたとき、息子に対しての愛情が滲《にじ》んでいるように感じたのは錯覚だったのだろうか。

先生の生い立ち、中でも彼自身の母親については少しだけ聞かされていた。一之と顔を合わせるきっかけになった、妻の法要が行われる長野への旅のさなかだった。あの夜、立ち寄った温泉で先生は珍しく自分で猪口《ちょこ》に酒を注いで、饒舌《じょうぜつ》だった。

先生の養父は仕事を転々と替え、やがて郷里の長野で農家を継いだ。先生は、自分が戦争に徴兵されるのからは何とか逃れようと高校へと進学したのだが、母親は父親に言われるがまま、息子の予科練《よかれん》の受験申し込みを勝手にした。山を越えて逃げても、憲兵に捕まり、母が居場所を知らせているのがわかった。

「あと少しで、戦争に殺されるところだったのです。そんな母を、最後まで私は許せませんでした」と、一人ごちた。

「先生は、自分のお母さんを最後まで許せなかった、と言っていましたけど」

「またそんな話をしましたか。母親を恋しいと思う気持ちが、源氏と重なるとか、まさかあなたまでそう信じたの？」

一之は鼻白む。

「何が源氏だ。自分の異常なまでの好色の格好の言い訳を、源氏に見つけただけでしょう。それで世間の人たちを惑わして、とんだ恥さらしだよね」

白ワインのボトルの底を持ち注ぐ手つきは、そんな話をしていてもなお優雅だった。

「ねえ、トランプ遊びでもしない？」

私は、空腹を覚えて、クラッカーでも探そうとキッチンに立ち、カウンターの端に置いてあったカードを見つけた。

時々一人になると、占いのようにカード並べをする。誰かの帰りを待っている時間は長くて仕方がない。こんな静かな家では一層、そう感じる。

裸の上にコートを羽織ったままの一之が、床にカードを並べ始め、ネルシャツとジーンズに着替えた私が横に並んだ。

「だったら神経衰弱にしよう。僕は強いよ。覚悟はいいかな?」

二本目のボトルも空こうとしていた。酔いかけた頭で、カードをめくっても、互いに間違うばかりだった。

「違うでしょう」だとか、「ばっかみたい」とか、しだいに大声になり、血の繋がった兄妹のようにはしゃぎ合った。

やがて一之がソファで眠り始めた。

私の中で疼きは収まらず、けれど一之の安心したように眠る横顔が、その夜の慰めに思えた。

藤壺宮と密通を果たした源氏は歌を贈る。

〈見てもまた逢う夜まれなる夢のうちに
やがて紛るる我が身ともがな〉

もしも逢えたにしても、再び逢うのは容易ではなく、夢の中にこのまま消えてしまいたいのです。

〈むせかえりたまふさまも、さすがにいみじければ〉

藤壺宮は、涙にひどくむせぶ源氏を拒絶しきれずに、歌を返す。

〈世語りに人や伝へむたぐひなく
憂き身を覚めぬ夢になしても〉

世間の語りぐさとなってしまいましょう、覚めない夢の中にこの辛い思いを閉じ込めたとしても、だったか。

この歌の訳も定かではない。ただ先生が講義でこう話していたのは覚えている。

「藤壺は、世間の目を恐れる気持ちを面には立たせながら、和歌の中ではしっかりと『夢』『身』などの源氏の言葉をつかまえ、用いています。つまり、彼の恋情を受け入れてしまって、いるのです」

受け入れてしまって、いるのです。

そうした言葉を放つときの声の掠れ方は独特だった。息が詰まったかのように間《ま》をおき、少し俯きながら呟くとき、源氏の生きる無常の世界を先生もまた引き受けているかに見える。そうして伝えられた講義内容は、驚くほど、目にも耳にも残り続けた。

階下に一之を残し、私は天蓋のあるベッドへと戻って眠った。

早朝、一之がふたたびベッドへと入ってきて、衣類の下へと手を伸ばした。あんなに悪ぶって犯してやるなどと言ったのに、もう一度何とかならないものかともぞもぞと試みて、またため息をついた。

「ベッドにコーヒーを運びましょうか。特別だけど」

「うん、ありがたいな」

麻布を通して、二階の窓から朝の光が差し込み始める。

「コーヒーを飲んだら、源氏に出て来る貴族ではないんだもの」

「コーヒーを飲んだら、私は会社へ行かなくちゃいけないわ。あなたも、そうなはず。私たちは、源氏に出て来る貴族ではないんだもの」

「まあね、だけど、今日のコンペはだめだろうな」

一之の頬に、疲れの色が見えた。首を傾け、こう続けた。

「君のことばかり思い出してしまいそうだからね」

階下でコーヒーを落としている間に、私はシャワーを浴びた。せっかちに湯を浴びると、疼《うず》きが残していった重さが洗い流されていくかのように、身が軽くなった。

一之も、結局、降りてきたようで、窓辺に並んで立ちながら、コーヒーを飲んだ。ぽつんと立つ黄櫨の木にメジロが遊ぶ様を、一之はことさらよく眺めていた。そんな姿は、血の繋がりがないとはいえ、先生とよく似ていた。

その晩会社から戻っても、先生からはまだ連絡すらなかった。ただ天蓋のファブリックは、元よりもきれいなドレープが折られ、四隅に結ばれてあった。

私は部屋の隅々までを注意深く見渡した。誰かがこの家に泊まったような形跡は、残さぬのが賢明なのだ。けれどドレープ、そのあまりに几帳面《きちょうめん》に行きつ戻りつする贅沢なひだだけは、手をつけられなかった。

「やあ、おかえりなさい、ちい姫」

旅に出て六日目の夜、先生はいかにもこざっぱりした様子で、書斎の机に向かって、座っていた。

お気楽なことに、連絡さえしてこなかった。

しばらくじっと先生の顔を見ていると、恨めしさが言葉になって喉元まで出かかったが、脳裏に浮かんだのは天蓋に結ばれた新しいドレープだった。

「おかえりなさい。講演はうまくいきましたか？」

瞳を揺らしながら私の方を見つめ、怒っていない様子にほっとしたのか、立ち上がって近づいてくる。

「ちい姫、お腹《なか》が空《す》きましたね。何か美味しいものでも食べにいきましょうか」

先生はなお肉料理が好きだ。焼肉でもとんかつでも、夜遅くに旺盛に食べる。

その晩は、水天宮のホテルまで出て、ステーキを頼んだ。

薄暗い店内では、カウンターをはじめ客の座る席にだけそれぞれ、ぽうっとスポットライトがあたる。夜半に、こんな年の離れた組み合わせで血の滴《したた》る部厚い肉を食べているのが、私は少し気恥ずかしかった。

けれど先生は、何も気にする様子はなく、運ばれてきたレアのステーキに香草を練り込んだバターをのせて切り分けると、むしゃむしゃと美味しそうに咀嚼《そしゃく》して、喉を通らせていく。

「ちい姫、この間、少し面白い仕事の依頼がありましてね、何でも近頃は携帯電話で源氏物語を読みたいという人もいるそうですよ。受講生の一人から、その監修とやらを頼まれました」

もしや旅の相手はその方なのかと訊ねたかったが、やめにした。だいたい先生の色狂いは、今に始まったわけではないのだし、自分は何を保障された立場でもない。

「突然、どこかで倒れていたりはしないかと心配になるの。だから、帰らないときには、電話を下さいね」

私が切り落とした脂身《あぶらみ》を、鉄の皿の縁に寄せておくと、いつの間にか先生がフォークを伸ばして、食べている。

「しばらくの間は、行ったり来たり、するかもしれません」

咀嚼しながら、先生は私に向かい小声でそう呟いた。まるで、思いついたばかりの事柄を口にしてみた、という感じだった。

「行ったり来たりって、どこを？　どこと、どこを？　東京と長野という意味ですか？」

慌てて訊ねる私に、先生はふと手を止めて、ぎょろりとした目で見つめてくる。本当は、誰と誰の間をですか？　と訊いてやりたかった。

「ああ、そうね。東京と、長野をです」

取り繕う心配りも見せずに、そう呟いた。

先生は、恋をしているのだと私は認めざるを得なかった。まるで少年のように、上《うわ》擦《ず》っているし、私にまで告白し、甘えているのだ。

そうなのだ、私にだってはじめは、まるで恋しているかのように熱心だった。すっかり食欲が失《う》せてしまった。先生の心が離れていき、新しい人にご執心なのがわかっても、今の私にはすぐには家を出ていく力もない。ろくな蓄えもないのに、先生が自分に見せた一瞬の情熱に搦《から》めとられ、黄櫨のある家へ移り住んでしまった。

物語の姫君たちなら、すぐに傷心を悟られまいと出家していくのだろうが。

出家、それはいいアイディアだと俄《にわか》に興奮するが、一体、どこへ行けばよいというのだ。

母の愛人だった先生とこんな関係になってしまい、先生の息子とまでやりかけた。肝腎《かんじん》の先生は、今や他の愛人に夢中のようだ。カオス、混沌とした泥沼の渦へと落ちていく。

「長野と東京では気温が違うでしょうから、風邪を引かないように気をつけないと」

心とは裏腹に、私はそう言う。

出家ができないのなら、あの家で犬か猫でも飼おうか。一之は、もう天蓋を広げに遊びに来ないのだろうか。せめて父の目を盗み、カードゲームの相手くらいしに来てはくれないものか。

いや、やはり家を出て行くべきだ。当てもなく、荷物を両手に夜の街を彷徨《さまよ》い歩いていたら、誰か一人くらいは気まぐれに拾ってくれる人がいるかもしれない。

「先生、少し気分が悪い。悪いけど、一足先に戻っています」

私はコーヒーが運ばれてくるのを待つ先生にそう告げると、先に店を出た。

夜を楽しむ術《すべ》なら幾つも知っていたはずなのに、息ができなくなるほど闇が重たく降りて来るように感じた。目眩《めまい》がして、息が苦しい。

平安の人たちは、調子が崩れるとすぐに物の怪に取り憑かれたと騒ぎ出すが、今ならその症状の一つ一つに病名が下されるのだろう。抗鬱剤《こううつざい》でも処方しておきましょうか、と医師に診断されて、物の怪は鎮められるかもしれない。

庭を抜け、薄い水色の壁の家の鍵を開け、中へと入るときに、自分がまるで他人の家に押し入った泥棒であるかのように感じた。

シャンデリアの光が舞う照らされたリビングルームでは、余計に頭がおかしくなりそうで、冷蔵庫から冷えたワインを取り出して、二階へと上がった。

ベッドに座りグラスに注いではワインを飲んでいると、階下で鍵の開く音がした。

天蓋の柱から、しっかりと結びつけられたファブリックを一つ一つ外していった。折り畳まれた跡が、線を描きうねうねと広がった。

二階への階段をゆっくりと上がってくる足音が聞こえる。

「どうしましたか。大丈夫なの？」

白い布に囲まれているだけで、まるで結界を作っているかのような安心感があった。先生が憎くて、恨めしかった。

「ゆっくり眠りたいだけだから、少し、そっとしておいて下さい」

動物園の落ち着きのないサイを見るような目で、先生は私を眺めた。

「だけど、何だか震えているみたいですよ」

「さっきから、寒くて仕方がないの」

言われてみると、確かに自分は震えているのだった。あの店で、突然胸にむくむくと入道雲が湧き上がるようになり、息がつまった。早くワインに酔ってしまいたい。そうすれば、きっとまた解けていく。注ごうとしても、ワインのボトルが震えた。

麻の布を押し上げて、先生はこちらを覗き見た。

「私が、注いであげましょう。こちらへ渡して」

ボトルがうまく渡らず、ベッドを濡らしてしまった。ますます震える私の手から先生はボトルを取り上げた。両方の手で、私の手を仰向けにした。

「こんなに冷たくなってしまっては、それは具合もよくないね」

かつては私の足の裏をしつこいほど入念にそうしたように、両手を使って手のひらを揉み始めた。

「ずいぶん飲んだようですね。庭にワインの空き瓶がごろごろと転がっていて、心配しましたよ」

恋に浮かれた先生は、私のことなどとうに忘れてしまったかと思っていたから、たったそんなひと言が胸に染みた。私には他には、誰もいないのだ。もはやどこにも、頼る術《すべ》がない。今更私を見捨てないで。それが、何よりの本心だった。

「悪かったですね、あなたが具合が悪いのも知らず」

知らずに、何だというのだろうか。外へ連れ出した？　それとも六日間も音沙汰なく放っておいた？

「だけど、ここへは誰かが来たのだろうか」

揉まれていた手を、私は一瞬引く。

「ん？　どうなの、ちい姫。ここは、どうだったの？」

そう言って、私の毛に覆われた部分をとんとんと叩いた。先生の目を見つめ返したが、どう察すべきか、何の答えも見つけられなかった。

「誰かがって、どうしてですか？」

「いや、一般論ですよ。男が家を空けると、女は家に別の男を入れるものです」

真顔でそう告げるのだが、そう言って鎌をかけていないとも言いがたかった。まさか一之と本当に示し合わせているだとか。

「先生は可哀想。源氏物語の読み過ぎで、世の中には男と女しかいないと思ってるんでしょう」

「違いますか？」

「男でもなく女でもなく、ただ一人の人間だってときもあるわ。たとえば私は店員をしている時間、満員電車で揺られているとき、特別、女じゃないようにしているんです。今度客のふりをして、店に来てみてほしい」

頬を膨らませて笑って見せた。

「ちい姫、その笑顔は少女のようだ。ほっとしました。手のひらも、温かくなってきたね」

そう言って、ベッドの上で隣に腰掛けると先生は欠伸《あくび》をした。

ズボンのポケットで、携帯電話がバイブしているのがわかった。目を瞑った先生の瞼《まぶた》が、困ったようにかすかに痙攣《けいれん》する。バイブは一度止まり、また繰り返した。先生は手を伸ばしかけ、だが電話に出るのは諦めたようだ。

「あなたが笑ってくれると、ほっとするんです。男でもなく女でもなく、ただの人間になって、今日は眠りましょうか。まったく名言だね」

都合よく、先生はそう口にした。

私にはそれさえも、返歌に聞こえた。少なくとも、私の言葉に耳を傾けてくれている。その間は、そばにいるのを許されているように感じる。

天蓋の内側の小さな空間に、たった二人でいる。

すぐに先生の寝息が聞こえはじめ、寝つけない私は横で白ワインを飲み続けた。ワインの水滴でベッドの表面にできた染みが、まるであの後のように見えた。先生にあまりに解《ほど》かれて、体の内にあった肉の塊《かたまり》がすべて溶け出てしまったと感じた日もある。

また持て余してしまう。疼きは痛みに変わる。行ったり来たりするかもしれないなどと、気楽に告げられ、それに耐えうる自分なのかどうかが疑わしい。けれど、出ていってすぐに暮らせるあてもないのだ。待っていれば、こうして戻って来てくれるのだと信じたい。またポケットで携帯がバイブしている。どれほどの味を与えられたのか、相手に訊いてみたかった。先生は、そこに無限の宇宙の広がりと、共に彷徨《さまよ》う安らぎを見いだせたのか。だからこうして惚《ほう》けたような顔で眠っているのだろうか。

恨めしい。

その唇に、キスをした。

むにゃむにゃと、白髭がぷつぷつと周囲を彩る唇を動かし、寝ぼけた先生はこう口にした。

「ああ、さちえさん」と。

店じまい寸前に客が入ってきた。ガラスケースに並ぶ宝石を、順繰りに取り出してほしいと女がせがむ。襟に白いファーのついたコートを着た女が腕を絡ませている相手は、五十代か六十代か。

男は目尻を下げて、弾むような動きの女が伝えてくる重量に酔いしれている。

「これがいいかな。ねえ、どれが似合う？」

「いいから、好きにしなさい。どうせお前、俺が選んだって気に入らないんだ」

金持ちとその若い愛人、絵に描いたような組み合わせの客が、店にはよく訪れる。

「どれがいいと思いますか？　もう、迷うから」

客に訊ねられ、私は当然のように一番いい値のついたジュエリーだけが持つ付加価値を口にする。輝きが違います。飽きの来ないデザインです。指をきれいに見せますよ。いくらでもうたい文句はある。

「困りますね、お客様はどれもお似合いですね」

最後はパトロンの方へそう振ると決めている。女でも男でもない一人の人間の時間の私は、女を武器にするのではなく、人間の虚栄心とうまく付き合う術を学んできた。

　ハイジュエリーからはほど遠いが、わずか十分の接客で、三十万円の指輪がまた一つ売れた。

　同じパンツスーツに身を包んだ同僚の鈴子が、レジに並ぶ。

「あの子ね、先週は違う方のお連れ様としてご来店だったわよ。今もまだ他の石を物色しているから、来週あたりにはまたやってくるわね」

「仔犬よりはいいじゃないの」

　銀座のペットショップの中には、女がパトロンに犬や猫を買ってもらうふりをして、また返しに行き金を受け取るための専門の店がある。その店には、幾度も売られていったはずの可愛らしいトイ・プードルやアメリカン・ショートヘアが窓辺に座っている。動物たちも、素敵なおリボンをかけてもらってちょっとお出かけするのがもう慣れっこになっていて、すっかりショップで寛《くつろ》いでいるのだ。パトロンは動物が戻っているのを不審に思い訊ねれば、血の繋がりのある兄弟が入荷されたと説明されるらしい。

「若い女にうつつを抜かす男って、みんなバカに見えちゃうわ」

「若くなくたって同じなんじゃない？　それに、男じゃなくたって、女だって同じ。

うつつを抜かした方が負けなのよ」

決済の手続きをしたカードと胸元のペンを、さきほどのタートルネックのセーターにレザーのブルゾンを羽織ったパトロンに渡すための準備をする。

「だけど、みんな気持ち悪いわ」

鈴子が耳元に囁いた乱暴なひと言が、自分を戒《いまし》めてくれているようで気持ちがよかった。

鑑定書とともに箱に収めた指輪を店先まで運び、お辞儀をして客らを送った。まさか自分だって、先生にこんな風にうつつを抜かすようにはまるとは思っていなかったのだ。誰にも言えないから余計なのか。さんざん一緒に遊び歩いた鈴子にも、もちろん母にも言えないままだ。一度だけ昔の男に話したら、彼は吐きそうになり咳き込んだ。実際の先生を知らないからだ。あの光り輝く銀の髪や、艶のある声を知らないからだ。

季節は、またたく間に移ろってゆく。冬はとうに過ぎ、朝夕の陽射しは夏の気配を伝えてくる。

清澄の家と、私の知らない何処《どこ》かの住まいを行ったり来たりする先生に、私は必死に耐えたつもりだ。ベッドの上に一人でトランプのカードを並べながら、黙って送り出し、黙って迎えた。この頃私は、天蓋付きのベッドの上でカードも並べるし、酒も飲む。まるでワンルームの部屋に住んでいた頃と同じ、そこで何でもしてしまい、今に小さなテレビも買ってこようと思っている。

はじめのうち先生は、いかにもいそいそと身支度をして出かけていったが、次第に家を空ける日が短くなった。

昨夜は、せっかく病院で処方された睡眠薬を飲んで寝ようとしている私に、帰ってくるなりこう言った。

「あの、ようやく終わりましたからね、例の仕事は」

先生はフラれたのか、自分で飽きたのか、ただ何だか情けないような疲れた顔をして立っていた。

「先生の年になって、まだ大きな仕事を望まれるなんて、幸せなことですね。源氏の研究家だって、本当は次々と若い人が出て来ているはずですから」

そう言うと、珍しく満面の笑みを浮かべ、ああ、ありがとう、ありがとう、ちい姫のおかげで無事に終わりましたよ、と何度も口にした。私は、平安の賢い女たちに倣《なら》い、賭けに勝ったような気がした。母のように、取り乱したりはしなかった。

寝入ろうとする私の首や肩を揉んでくれた。手のひらや足の裏をぐりぐりと解《ほぐ》してくれたが、薬の力には抗えずいつの間にか私は眠ってしまったらしい。いつ以来だったか覚えていないが、眠りかけていたはずの私の体はそれに応えていたのかもしれない。朝には、長い間の疼きが鎮められたかに感じていた。

そしてふと、一之を思い浮かべていた。

彼にこそ、ずっと疼きが残ったままなのだろう。鎮められるあてのない疼きが、父親への憎しみを募らせるのだろうか。

源氏と密通した藤壺宮は、帝の子として、後に春宮《とうぐう》となる冷泉帝を産み、帝をますます喜ばせる。この子は、帝である桐壺帝の第十皇子として十一歳で即位し、以後十八年にもわたり世を治めるが、母藤壺が死んだ際にはじめて自分の出生の秘密を知らされる。

父である源氏を臣下としていることを悩み、帝位を譲ろうとし断られる場面もある。結局は息子の陰なる働きで、源氏は高い位へと上り詰めていく。

源氏の子どもは他に、正妻であった葵上との間にできた夕霧、明石御方との間に生まれた明石姫君、つまり先生が人気の漫画家の訳からとってちい姫と呼ぶ姫君だ。この姫君は、源氏が一から育てた理想の女、紫上を養母に育つ。他には、晩年になり妻に迎えた女三宮が産んだ子ども、薫大将《かおるだいしょう》がいるが、これは女三宮が、夕霧の友人である柏木との密通の果てに産んだ子とされる。

冷泉帝は、源氏が迎えた養女らや薫大将なども手厚く世話した。

藤壺宮は、密通の後も自分を追い求める源氏から逃れるように、また息子を守るために出家をするが、子が元服し帝となってからは、母后《ははきさき》として政治の手腕も発揮した。三十七歳で、病の果てに崩御している。

平安貴族らの関わりはあまりに複雑で、誰一人好ましく思える人物が登場しない。ただどの人物にもところどころに、「わかる」と思わせられる部分がある。悶《もだ》えながら生き霊となる六条御息所、年の離れすぎた源氏を裏切り若い男と密通してしまう女三宮、そして、愛する源氏との密通を、生涯隠し通した藤壺宮。

銀座の女たちはもっと軽々しく、相手に甘える。

「飲んでいかない？　鈴子、今日は奢るから」

手袋をはめて、客が帰った後のショーケースの中を並べ直しながら、私はそう誘ってみる。

「何よ、いいことでもあった？　それとも、逆かしら」

「まあ、いいことのようで、悪いことなのかもしれないけど、賭けに勝った、とか」

「千佳はこの頃、思わせぶりなのよね」

ポケットの携帯電話が鳴って、表示を見ると先生だった。

先ほど商談を成立させたばかりなので、まるでその相手からのようなふりをして、私は電話を持ってバックヤードへと向かった。

「ああ、千佳さん」

先生がそう言い出すときは、悪い知らせが多い。

「今ここに誰がいると、思いますか？」

とっさに思い浮かべたのは、母だった。しかしまだ新しい住まいは教えていないはずだ。

「私の美しい息子が来ていますよ。突然、やって来たのです。白ワインを手に下げてね」

私は息を飲んだ。鼓動が、胸元のペンを揺らして見せた。

「だったら、よく冷やしておいて下さいね。もうじき店が終わるので、すぐに戻ります」

そう言うと、通話を切った。鈴子に、急用ができたから、急いで帰らねばならないと詫びた。

冷えた白ワインだけを思い浮かべた。

夕立して

父と子。

実は血の繋がりがないはずの二人の佇《たたず》まいが、なぜか似ている。窓に向けたソファに並び合って座り、首を少し斜め上に傾けて、外を眺めているのか、いないのかわからない姿勢を保っている。

意外にも、和やかなムードが流れている様子に、ほっとする。日頃から常識を逸脱したこの二人が、私をめぐって取っ組み合いの喧嘩をしているはずもないのだが。猫足の施《ほどこ》された紫檀《したん》のテーブルの上に、水滴を浮かべた白ワインのボトルは置かれたままだ。

「先生、冷やしておいてって頼んだのに」

帰宅するなり、口にすべき小言がすぐに見つかったのは、私には好都合だった。

私が「先生」と呼ぶ七十代の愛人と、血の繋がっていない息子。

そんな二人の待つ部屋で私が口にすべきは、「ただいま」なのか「おかえりなさい」なのか、考えても答えが見つからなかった。どちらにでもなくワインの小言を口にできるのは、返す返すも幸いだと言えた。

「こんにちは、一之さん」

　他人行儀に挨拶をした。お久しぶりですね、とまで白々しく続けるべきなのかどうか、ちらっと覗き見たその表情からは窺《うかが》い知ることができない。相変わらず端整《たんせい》な横顔だ。きめの揃った肌と、尖った顎の感覚を、私はもうこの手のひらで知っている。彼の浅黒い大きな手を見てしまう。私の乳房を柔らかくつかみ、その先に唇をつけた。その唇の冷たさも覚えている。

「珍しいことに、突然、訪ねてきましてね。はじめから、よく冷えた白ワインを手にして」

　息子の来訪について、先生が何かを仄《ほの》めかしているのは間違いない。それは疑いないのか、確信なのか。

　私は改めて、深く皺の寄った愛人の方の顔を覗き見る。重たい瞼に刻まれた幾重《いくえ》もの皺は、人生の年輪のようだ。こちらの白々しさは堂に入っている。恋心や情熱は隠そうともしないで、人の心を弄《もてあそ》ぶ。

「白ワイン、いただきましょう。せっかくなんですから」

　ボトルの表面に触れてみる。もっと冷やした方が美味しいには違いないが、早く飲んだ方がいいにも違いない。三人それぞれの虚を、アルコールが曖昧にぼかしてくれるはずだ。

私はメンズ仕立ての麻のジャケットを脱ぎ、着ていた薄い生地のブラウスの袖をめくって、大きなワイングラスを三つ、テーブルに運んだ。

シルバーのワインオープナーを渡すと、一之が開けてくれた。

先生はその様子を見て、鼻を鳴らした。

「さすがに建築士は手先が器用だね。そのオープナーはちょっと珍しい代物《しろもの》だから、使い慣れていないとなかなかすぐには開けられない。そうだよね、千佳さん」

一之は一瞬手を止め、少し間を置き、朗《ほが》らかな声で言葉を返す。

「お父さん、機能的な道具には、動きの理屈があるんですよ。ほら、この頭の部分の動き。少し不思議でしょ。この部品の動き一つ、意味を見つけられたら、構造はわかります」

そう言って、指先でつまんでみせる。

「なるほど、次からは何でもおまえに任せようか」

先生が呟くと、任せるのは女のことのようにも聞こえてくる。

シルバーの重たいオープナーは、いつだったか先生が年代物のワインと一緒にもらってきたアンティークだった。確かにはじめは私も使い方がよくわからなくて苛立《いらだ》った。シルバーのヘッドの部分が蝶番《ちょうつがい》のように動く。たった今適当な理屈をこねた一之も、確か前に来たときにはすぐには開けられず、悪戦苦闘していた。指先を少し切ったはずだ。

先生はまさかリトマス試験紙の代わりに、このオープナーを家に置いているのではなかろうに。一之の手元から視線を逸《そ》らせ、ため息をつく。

あの数日後、一之と入れ替わるように旅から戻った先生は、私の部分を「どうなの、ちい姫。ここは、どうだったの?」と、とんとんと叩いた。「一般論ですよ。男が家を空けると、女は家にまた別の男を入れるものです」とも、続けた。病状を告げるドクターのように自信ありげだった。

グラスに注がれたワインの色は、外の緑を映し込んでいるのか、緑がかって見える。一之によってそれぞれのグラスに注がれる。

「僕にしては、値の張るワインを奮発しましたからね。この部屋の窓からの景色には、白ワインがよく合うと思ったんです」

彼の言葉とともに、グラスを合わせて、乾杯する。

一之は、薄いブルーのストライプのシャツに、コットンのパンツを穿《は》いている。茶のスエードのベルトは、玄関にあった靴と同素材のようだ。夏のスエード、銀座にあっても洒落《しやれ》た紳士の装《よそお》いだ。

それに較べて先生は、夏でも毛玉のついたカーディガンを着ている。この頃は、紺色のカーディガンがすっかりお気に入りだ。脱いでも、先生の形をしている。時折、裸の上にそのカーディガンを羽織らせてもらうと、丈の短いワンピースのようになる。そのままキッチンで料理をはじめても、先生は怒らない。

先生の方が、一之よりは女を喜ばせるのがうまいのは、女たちのやることなら大概《たいがい》許してくれるからだ。父と子、両方と関係した女でないと、きっとわからない。先生の方がずっと上手《うわて》だ。

藤壺宮は、どちらとがよかったのだろうか。帝と源氏。若い盛りの源氏だけがよかったはずはないのだった。そのどちらも、それなりによかったはずだ。

紫式部は、なぜ若い男の味方ばかりするのだろう。帝よりは源氏に、当然のように軍配を上げる。源氏が晩年に迎えた妻、女三宮には、源氏の息子である夕霧の友人、柏木との密通に及ばせる。老いていようが若かろうが、きっとよいものはよいのに。先生に会うまでは、私にだって、とてもそうとは考えられなかったが。

「千佳さん、一之からおめでたい報告があるそうですよ。さ、君が自分で話したらどうなの？」

先生は、息子の方に視線を送り、促す。

「ええ。貴之に、弟か妹ができるんです。ようやく、僕ら夫婦も二人目を授かりましてね」

私の動揺は、どこまで隠せたのだろうか。彼はわずか数カ月前に、同じこの場所で、自分は不能なのだと口にしたばかりだった。「可哀想だよね、僕は」と呟いて。

「それは貴之くんもうれしいですね。おめでとうございます」

私はショーケースの前で接客するときを思い起こし、口角を上げて微笑んだ。しかもハイジュエリーの客にではない、一つ数十万円の小さなジュエリーを男に買わせる子たちを前にしたときのように、嘘くさい精一杯の笑みを浮かべた。

「いや、うれしい報告は僕だけではないでしょう。お父さんからもどうぞ」

「まあ、先生も？　今度はなんでしょう」

私は立ち上がって、冷蔵庫からミネラルウォーターのボトルを取り出すと、そのまま口をつけて飲んだ。滴《しずく》が頰にこぼれた。行儀の良い悪いは構っていられなかった。

この父と子が、どこまで真面目でどこからがふざけているのかもわからない。二人に挟まれているだけで、迷路に入り込んでいるかのような、目眩《めまい》を覚える。同じベッドで両方と肌を合わせた罰なのだから、自業自得。どちらとの戯れにも、滑稽なほどときめいてしまった自分が、二人の間で、今裸になって踊らされているように思えてくる。

「音楽でも、かけましょうか」

好みのCDというわけではなく、先生の好きな大仰《おおぎょう》なクラシックを、さほど大きくはない音量でかけた。

午後からの夕立ちのような雨は長雨になり、部屋の中で音楽がこもって聞こえた。先生は立ち上がると、わざわざ窓を開けた。雨の弾く湿り気を全身に浴びるように、窓辺に立っていた。

「夕立ちが来るとは、もう夏も間近なのですね。夕立ちは、馬の背を分けるというのは知っている？　本来なら、馬の背中の右と左で雨と晴れが分かれるほどの、局地的な雨なのです。夕立ちがやむときに、私には馬が晴れ間の方へと駆けていくように見える。夕立ちの後の、涼やかな夜気を楽しみにしていたが、こうも降り続くとどこか陰気です」

夕立ちという言葉から、先生は頭の中で、隅々まで諳《そら》んじることのできる源氏物語のある箇所を拾い出したようだった。

「〈夕立して、名残涼しき宵のまぎれに、温明殿《うんめいでん》のわたりをたたずみありきたまへば、この内侍《ないし》、琵琶《びわ》をいとをかしう弾きゐたり〉」

囁くようであっても、よく通るバリトンだ。

私は、先生の声を通じて、源氏物語の世界に触れた。音は文字を喚起して、不思議なほど、脳裏に刻まれていった。

今の箇所も、よく覚えている。

夕立ちと琵琶が出てくるのは、「紅葉賀《もみじのが》」第四章だったはず。源氏と関係を持った女の中で最高齢なのは、源典侍《げんのないしのすけ》である。この女は教養も作法も身につけ、女官の中では高い位にありながら、幾つになっても男好みが尽きず、源氏の親友である頭中将《とうのちゅうじょう》とも関係を持つ。

源典侍は、少し滑稽な役回り。人々の冷たい視線や冷笑を物ともせずに、色気たっぷりに、当時まだ十代であった源氏を寝屋に誘い込むのが、夕立ちの夜だった。

「夕立ちがあって、その後に訪れた涼しい夕闇の中、源氏が温明殿を歩き回っておられると、典侍が琵琶をそれは美しく弾いておられた。

源氏が近づいていくと、声が聞こえる。押し開いていらっしゃいませ」

かつての生徒が拙《つたな》いながら現代の言葉に置き換えてみせると、先生は少し得意になって頷いた。物語の隅々までを、先生が心底愛しているのを感じるのはそんなときだ。

「源典侍には悪趣味なところがあり、彼女の詠む歌も、それは品のないことこの上ない。〈森の下草老いぬれば　駒もすさめず刈る人もなし〉という歌もある。源氏もほとほとこの嫌らしい趣向には苦笑しながらも、〈森こそ夏の、と見ゆめる〉木々の荒れた森こそ、盛んな夏というものですよ、と、少々思いやりのある言葉を返してしまう。するとこの色好みの女官はさらに続けるわけです。〈君し来ば手馴《たな》れの駒に刈り飼はむ　盛り過ぎたる下葉なりとも〉。あなたがいらしたならば、よく馴れた馬に秣《まぐさ》を刈ってやりましょう、盛りの過ぎた下草であっても、と、なおこの上なく色気たっぷりに詠んでくる。この辺りの式部は、悪ふざけが過ぎる。〈下草老いぬれば〉……老いた女の秘部をそうたとえるなど、よく言ったものだ」

そう言うと何か思い出したのか、先生は少し笑い、続けた。

「しかし、この女官が、実はただならぬ琵琶の名手なのです。ある夕立ちの夜、聞こえてくる美しい音色。源氏は、その琵琶の音色がやけに美しいのが気に入らない。ただし、邪険にもできない。源氏は若いながら、元々が、興味本位なのです。愛すべき、興味本位と言ってよいでしょう。琵琶の名手に誘われて、これも、得難い体験になろうと結ばれてしまう」

　まるで先生自身を語っているみたい。

「ついていけないな。源氏のどこがいいのか、僕にはさっぱりわからない。あなたちは、まさか普段からこんな話を？　千佳さんも、お気の毒だ」

　一之は、嫌味たっぷりにそう言ったが、先生は構わず続けた。

「何しろ、源典侍ただ一人なのですよ。高貴で奥ゆかしい女たちの中にあって、見栄《みえ》も外聞もなく、男をこうもあけすけに求めるのは。式部は、物語の中でそんな源典侍を、七十代まで生きながらえさせていきます。

　夕立ちの夜から十年以上の時を経て、源氏は、出家して尼になった源典侍と再会を果たす。源典侍は、女五宮《おんなごのみや》に仕え、当時源氏が夢中だった朝顔の住まいにいる。朝顔に会いにやって来た源氏と、この女官は再会を果たす。源典侍が、七十すぎの老婆になってもなお、なまめかしいしなを作る姿に、源氏は苦笑し、哀れにも思う。そして、こう述懐《じゅっかい》する。

〈あさましとのみ思《おぼ》さるる世に、年のほど身の残り少なげさに、心ばへなども、ものはかなく見えし人の生きとまりて、のどやかに行なひをもうちして過ぐしけるは、なほすべて定めなき世なり〉

短い生涯を閉じた藤壺をはじめ、すっかり落ちぶれたり、見るかげもなくなったりする女御《にょうご》たちもある中で、年からいっても余命幾ばくかに見えていた、心構えからいっても、いかにも頼りなげであったはずのこの人（源典侍）がこうして生き残り、静かに勤行《ごんぎょう》をして過ごしていたのは、やはりすべてが定めのない、この世のありようにも思える」

先生は、次の講義のテーマでも思いついたかのように、自分で話をそうまとめて、一つ唸った。

窓を半分開けたまま、ソファに戻った。

「それで、先生からのご報告を、まだ聞いていないわ」

私はそれを聞くのが怖かった。一之からの報告が酷かったように、おそらく先生の話も自分を苦しめるに違いないと心の準備をした。

グラスの白ワインは予想外にも甘口で、貴腐《きふ》ワインかと思わせた。葡萄《ぶどう》の高貴なる腐敗が作る甘いデザートワイン、先生は食事の後に好んで飲んだりもするが、私は安ワインでいいので、できるだけ辛口が好きだ。本当は冷たい水があれば、それでよいのかもしれない。

「僕から、お話ししましょうか」

一之が、ちらと私に視線を送った。まるでこれからの話に私が見せる表情をうかがうように、視線を逸らさなかった。

「父には、この春から二つの大きな仕事が始まっていましてね。七十を過ぎて、実にありがたいお話だ。そうでしょ、千佳さん」

大きな手を組んだ膝の上で組み、こちらを覗き見る。私は、おそるおそる頷く。話の流れが読めない。

「仕事は、そのいずれもが、長野がベースになります。なので、父はひとまず、ここを出るようになるのを、申し訳ないけれどご理解下さい」

先生は、表情一つ変えずにまだ窓の外を眺めていた。

「ご理解って、もう決まったわけなんですか？　そうなの、先生？」

なぜ私と視線を合わそうとしないのか。二人きりなら、いきなり摑みかかっていたかもしれない。私にとっては、そんな簡単な話ではない。先生が乞うからこそ、ここに引越して来てしまったのだ。

断りもなく外泊を続ける先生を待つ間、源氏物語に登場する女たちが、順繰りに脳裏をよぎった。平安の世の姫君たちも、皆手練手管なのだった。

だが歌も詠めず、琴も琵琶も弾けぬ私は、文句も言わずに待つしかなかった。一之を泊めてしまったのは、平安時代なら、「寂しさゆえの過ち」、たったひと言で済むのではないのか。

先生は、この頃また家で過ごす時間が多くなったように感じていた。新しい女とは終わり、居場所を探すこともせずにじっと待った私が、賭けに勝ったのだと思っていた。本当はそれでほっとして、今日は鈴子と久しぶりに飲もうと約束していたくらいだった。

「長野の教養番組で講義を一つ、そして地元の女子短大の非常勤講師でしたね。まったく、大したものだな」

一之が、自分のグラスにワインを注ぎ足す。

「もう、引き受けたのですか?」

私の問いかけに、ようやく先生本人が答えた。

「契約をしてきてくれたのは、一之です。この年で、誰かの役に立てるのなら、それはありがたい話です」

先生の声がグラスの底に沈んでいくように重たく感じられた。なぜそんなに小声なのか、いつものように響く声ではないのか? 単純に雨が降っているからとは、思えなかった。先生の胸に飛び込んで、訊ねたかった。なぜ? どうして、少しもこちらを見てくれないの、と。グラスの白ワインを飲み干した。高貴なる腐敗、という言葉をもう一度思い出した。

「だったら東京の秘書ももう、お役御免ですね」

おどけるようにそう言っても、どちらも否定すらしてくれない。立ち上がる私を、引き止めようともしない。二階の寝室への階段を上がっていく私を、ドビュッシーが、盛大に見送ってくれた。吐き出される長いため息も、その音に飲み込まれていくばかりだ。

あのとき、やはり父と子は示し合わせて、私を試していたのかもしれない。この女が、息子からの浮気の誘いに乗るのかどうか、賭けたのだ。いつだったか六本木のクラブにいた黒人二人組が、そんな賭けをして遊んでいた。自分の見つけてきた女が相手の誘いに乗るかどうか賭ける。難なく落ちたなら、そのときどんな姿でどんな声で喘《あえ》いだかまで、あまさず報告しろよと、笑っていた。私には彼らがそうやって、自分たちが受ける心の傷を癒しているようにも見えたのだが。

一之が不能だとか言って、最後まで結ばれようとしなかったのも、それが賭けだったからなのかもしれない。現に、彼には子どもができたというのだから。

私は、先生から捨てられるのだ。だったら、当面、どこに住めばいいのだろう。自分が薄給のＯＬであったのを今さら思い出す。本来なら、こんなシャンデリアのある邸宅に住めるはずもない。定期券を片手に銀座の会社に通って暮らしていくための生活の場所を、急いで確保しなくてはいけない。けれどもっと深刻なのは、心の拠《よ》り所《どころ》を失うこと。私は、心も体も空っぽになってしまう。自分で覚悟をもって引き受けられる孤独なのかどうかが、わからない。膝が崩れ落ちていきそうに、寂しい。

寝室の扉を閉めると、床に頽《くずお》れた。呼吸を止めていたのか、一気に噎《む》せた。天蓋のあるベッドで、麻地のカーテンに体を包んでうずくまった。

先生と出会ってわずか二年の間に、帰る場所を一つずつ消していってしまったのは、自分自身だった。母と過ごしていた平凡で親しみのある時間も、長年住んだはずの一人の部屋も、あっけなく手放してしまった。そうだ、あの部屋の小さなベランダには、鈴虫だって棲《す》んでいたのに。秋になったらよく鳴いた鈴虫たちは、今もあのベランダに居着いているのだろうか。

灯りもつけずにじっとしていた。やがて、階下で音がして、二人が出かけていくのがわかった。

まるで二階の私を気遣うように、小声で二言三言のやり取りを交わし、静かに扉を閉めて出ていったのがわかる。扉の外でそれぞれが傘を開く姿さえ見えた気がした。

一之は長身を少し屈めるように、先生は傘をさしてもなお背筋を伸ばして門の外へと出ていくだろう。先生は、時折傘の屋根を伝う雨を眺めながらゆっくり歩く。

先生には、隙がある。何にでもすぐ、心を傾けてしまう。美しい女が通りかかると、惚けたように眺めてしまう。雨粒を眺めたり、刻々と移ろう雲の形に見入ったり、時には庭に遊ぶ鳥をただ眺めている。まるで膨大な退屈をつぶすように、退屈の中に宇宙の真理を探すように、先生の大きな目が物事にじっと見入る。女の体の隅々へも、同じように向き合う。瞼の重たくたれ込めた目にじっと見入られた体が宿した熱。先生としていると、いつも性は終わらない気がした。体の芯にともった熱は冷めず、すぐにまた深くほしくなる。

この先、人並みな恋など、できるものか。扉が開いてしまったのだ。こうなってしまうと女たちは、一体どこへ辿り着けばいいのか。女の末路は、どこにあるというの？

暗い部屋で、携帯電話の灯りが等間隔に光った。

〈水天宮まで食事に出ます。よかったら、あなたもご一緒に〉

メールは、一之からだった。私はその文字に見入る。読んでいるうちに、一之への憎しみが俄《にわか》に湧いてくる。

〈あなたたちは、グルなのね。それとも、あなたが私のことを先生に売ったの？〉

手の中でメールを読んでいる一之が、苦笑しているような気がした。

ほどなく、返信があった。

〈どこかの、バーで待ってて。食事を終えたら、すぐにそちらへ向かいます〉

タクシーの後部シートで、先生に隠れて打っているつもりなら、もちろん見通されているだろう。それともこのメールも二人で読んで、くすくすと笑っているのだろうか。


銀座のバーの、カウンターの一番奥に座っていると、果たして一之はやって来た。カウンターに並んで座り、ハンカチで雨に濡れた顔を拭っている。シャツに寄った皺も気にしている。カウンターの向こうに並ぶボトルの輝きよりも、ずっと雨染みの方を気にしている。

雨脚は一段と強くなっている。私はすでに、ギムレットを二杯、飲んでいた。

「泣いたの？」

人差し指の腹で、頬を撫でられた。すっかり化粧のはげ落ちた顔を、からかう。泣いてなどはいない。ただ雨に打たれてやって来ただけだ。泣く余裕もないほど、混乱している。

「なぜ、私を追い出すの？　先生を長野に帰すように仕向けたのは、あなたなんでしょう？」

一之は、唇を斜めに上げる。

「なんだ、そっちの方がショックだったか。妻の妊娠話の方ではなくて？」

長い指で陳列棚に並んだボトルのうちの一本を示し、一之はバーボンをロックで頼んだ。しかもダブルで。今晩、長野へ帰る新幹線に乗るつもりはないらしい。一体、どこに泊まるつもりなのか。まさか一緒にタクシーで、清澄白河の家へ帰るつもりではあるまいに。

「あなたの話なんて、不快だっただけ。不愉快というのでもなくて、胸の辺りが」

思わず、手を置いた。

「ざらついた」

一之が苦笑する。

「いい表現だ。ではそのざらつきに、乾杯しよう。僕もまるで同じだったからね、妻から聞かされたときには」

グラスが音を立てた。

そこからは、思わぬ告白話が始まった。妻が宿したのは、一之の子ではないと言い切った。そうであるはずがない、のだと。自分の不能は変わっていないし、もう不妊治療も行ってはいない。だったら誰の子なのかという問いに、妻は答える気がない。ただ、やたら決然と、夫婦の第二子として産むのだと言っているという。

私は笑ってやった。別に珍しい話ではないし、その上滑稽に聞こえるのは、一之のむきになって話す口調のせいだ。甘えた子どもの告げ口のようにしか聞こえない。

「考えてみたら、妻はよく出かけていたからね。泊まりがけも多かったよ。でね、必ずわざわざこう言うんだよ。私、男になんてまるで興味ないからって、わざわざ言う」

深刻な口調なら、付き合わなかったかもしれない。彼の口調もまた、六本木で賭けていた黒人たちと同じに思えた。

「ねえ、あなたの胸は、ざらついただけ？　痛みはないの？」

私は、空になったカクテルグラスを指でくるくると回してみせる。次も同じ酒にするか、それとも一之を真似てバーボンにするか、バーでの迷いはいつも平和だ。

「痛みがまるでないなんて、ありえない話だろうね。僕は自分なりに妻を愛してるつもりだからね」

私は気のない相づちを打つ。

「だけど、妻一人も満足させてやれなかったんだから、仕方がないよ。あいつだって、まだ三十代になったばかりだ。それは、女の盛りを持て余していただろうさって言ってやったよ、本人にね。そうしたら、向こうは開き直って、なんて言ったと思う？」

甘えたように眉を下げてこちらの目を覗き見るのは、彼の癖だ。

「知らないわよ、三十代の女がどうかなんて話にしないでって」

こんな話を聞きに、バーまでやって来たつもりではなかったのだ。けれど、心のどこかでは一之の気の毒な話で気が紛《まぎ》れかけている。

「あいつは、まるで男のような台詞《せりふ》を口にしたよ。ばかにしないでって。私は性欲だけを鎮めたかったわけじゃない。心も体も裸になれる相手を探していた。あなたとは、それすらも叶《かな》わなかったからって」

やがてこの夫婦の間に、新しい赤ん坊がやって来る。二人も貴之も、新しい家族を受け入れる。一之は狂ってなどいなかったのだと私は思う。

「二人で裸になって、遊んでいたらよかったじゃないの。なぜ私にべらべら話すの？おかしいじゃないの」

一之は、カウンターの向こうのバーテンダーに、勝手にそれぞれにお代わりを頼んだ。

そして、光を浴びたグラスを眺めながら口にした。

「安心したらいいよ。君が清澄の家にいたいなら、それでいい。出ていくのは父の方だ。親父は、もう知っていたんだよ。あの人らしい。僕にこう言ったんだからね。一之、長年おまえは鳩みたいな男かと思っていたけれど、案外猛禽類《もうきんるい》だったんだねってさ。知らぬふりは通しておいたけど、父はもう知ってるよ。僕らのこと」

カウンターの上に載せてあった私の手が拳《こぶし》を作り、叩きつけた。

「何が僕らのこと、よ。何もしていないじゃないの。私は先生を、愛しているのよ」

「愛？　そう言うには、あの夜は君だって、なかなかだったと思うけどね。言っておくけど、父は、自分から言い出したんだ。ちょうど、長野の家の売却が決まって、ちょっとしたマンションに建て替えられる。そろそろそこに住むつもりだったと言っていたよ。表向きはね」

そんな話、とてもおかしい。先生と私は幾つも、先の約束をしていたのだから。この先咲くはずの花々の名が、溢れるように伝えられた。トウネズミモチに、ナンキンハゼ、ハンゲショウ、リョウブ、ミソハギ、アオギリ……一年をかけて、どの花の名も覚えていこう、花々が咲けば、清澄庭園を見に行こうと約束もしたばかりだった。

この週末にだって、出かける約束だった。

先生は、少し、疑いを持っていただけのはず。確信などはしていなかった。一之が冷えた白ワインなどを片手にのこのことやって来さえしなければ。先生は、私の元へ帰ろうとしていた。ようやく、気の置けない長閑《のどか》な時間が戻ろうとしていたのだ。

「不能の男を相手に、どうやって浮気したって言うの？」

「いいね。ますますいいよ」

一之は自嘲気味にそう言う。

「千佳、どうせなら、俺の愛人になれよ。ようやく見つけたような気がしたよ。千佳となら、心から安らげる」

さっきまで妻への愛を語っていた男が、いかにも軽薄そうにそう言った。そして小さくため息をつき、続けた。

「親父に、長野にも女がいるのは知っているだろう？　敏腕だよ、その女。昔テレビ局に勤めていたっていう独り身で、今時真っ赤なスポーツカーに乗ってる。どうしてなんだかそれはもう、親父に夢中でね。そうそう、その女こそ誰の入れ知恵か秘書という肩書きの名刺まで作って、仕事を次々と決めてくる。親父は、それはそれでちょっと面倒になっているみたいだけれど、本音《ほんね》のところではうれしいだろうさ。まだ自分が必要とされているのを感じて猛《たけ》るんじゃないか。講師としても、男としてもね」

負けだと思う。私にはスポーツカーどころか、何一つ財産も力もない。

「私だって、先生にガウンを買ってあげたわ。イタリア製でカシミヤで、とっても高かったの。カシミヤなの。本当は洗濯だってしてはいけないから、そのつどクリーニングに出す高級品なの」

そんな話をしだすからには、私は酔い始めていたはずだった。朧《おぼろ》げだった新しい女の影は、急に輪郭を伴いはっきりと立ち上ってきた。「さちえさん」とは、彼女なのか。厚化粧や、高笑いまで聞こえてきそうに思えた。長野の女が、母ではなかったのが、せめてもの救いだった。

「千佳。僕の愛人がいやなら、あの家で高級娼婦をやったらいい。上等な客なら、僕が幾らでも見つけてやるよ。あんな老いぼれ一人だけを相手にする必要はない。僕は、千佳と客との姿を想像して、身悶える。君にはなんて言うか、心底男を安らがせる力があるからね」

一之も、酔った目をしていた。前に、鈴子と出かけたバーで、見知らぬ客に酒を引っかけたのを思い出した。本当なら、ただそうしてやりたかった。なのに、心とは裏腹にこう言っていた。

「これから、どうするの？　どこに泊まるの？」

帰ったところで、今晩、これから、先生とどんな顔で会ったらいいのか、わからなかった。

「どこか、部屋を取るよ」

一之の目が光る。バーの扉が開き、雨がまだ止まずに続いているのがわかる。夕立ちの夜に響く、琵琶の音色。光源氏が思わず足を止めたような風流は、どこにも見つけられない。

「だったら、大きなベッドの部屋にしてくれない？　私のことも、一緒に泊めてほしい」

一之の手が私の腰に回り、強く引き寄せる。生きている人間の温もりが、伝わった。私には、琵琶の音色を想像することもできない。

翌日は、幸いショップの定休日だった。寄り道をして、帽子を目深にかぶり、昼近くに戻った。先生は雨露に光る庭を歩いていた。そして、私の顔を見るなり、清々《すがすが》しく微笑んだ。先生に限らず、老いた人の笑顔はどんな時でも決まってこんな風に優しく映る。

「ちい姫、おかえりなさい」

先生のスリッパをはいて庭に出た私の背中に触れる。特別に意味はなく、それが癖であるようにそっと触れる。

あれほど雨を受けたはずなのに、土は湿っているだけでぬかるんでもいないのが驚きだった。むしろしっとりとして、黒々とした生命力を感じさせた。

先生は、腕時計の針をちらっと見ると、首を傾げる。

「出かけてしまう?」

私が不安そうに訊ねる。続けた。

「約束したのに、清澄庭園へは、いつになったら行けるの?」

「そうね。だけど、今からだと、どうだろう。花は咲いているだろうか。先に家の中へ入っていてくれますか?」

ひと言呟き、携帯電話を耳にあてて誰かと話し始めた。もう早々に長野へ発《た》つつもりだったのかもしれない。手には、植木鋏《うえきばさみ》、そして真っ白な卯の花《うのはな》を持っている。庭の花を摘んで、誰に届けようというのか。

私は会ったはずもない長野の君の姿を思い描き、苦しくなる。

ベランダには、昨夜の白ワインの空ボトルが置かれてあった。雨に打たれて、ラベルは泥まみれだ。

私はベランダから中へ入り、キッチンで熱い紅茶を入れた。先生の方には、いつも通り角砂糖を二つ入れた。金の縁取りのあるティーセット、はじめは嫌だったけれど、今ではそれもクラシカルで愛着があり、他のティーセットなど考えられないような気になっている。

「一之さんは、長野へ帰られましたよ。あなたの猛禽類だけど」

紅茶を運びながら私がそう言うと、先生は、真顔になった。本当を言うと、駅に送ったわけでもないから、彼がどうしたのかは知らない。早朝に、先にホテルの部屋を出たのも私だった。昨夜は二人とも酔っていて、衣服も着たまま眠った。一之は、時折夢の中で下腹部を押し付けてきた。そっと押し返してやると、彼は急に静かになって寝息を立てた。兄と妹なのか、姉と弟なのか、子どもたちのする遊びの延長のようでしかなく、猛禽類などからはほど遠いのを先生は知らないだろう。

「どうしても聞いてほしいのだけど、先生の思っているような話ではないんです。誤解されるようなことをして悪かったけど、違うの。一之さんは、ただ先生と私の関係を嫌がっていただけ。それで、何と言っていると思う？　私にこの家に残って、高級娼婦になったらどうかって言ってきたわ。ただの娼婦じゃなくて、〝高級〟がつくんだからありがたかったけれど」

先生は、眉根を寄せた。

「悪いけれど、もうじきここに迎えが来ます。この年で迎えなんて言えば、まるであの世行きですがね」

紅茶をゆっくり口に運びながら、先生は続けた。

「千佳さん、あなたが少し心配になった。あなたがこの先どう生きていくのか、残念ながら私の年では最後まで見届けることができないのです。男と女の愛は異次元のものです。不実な生き方をする女性に、あまりいい先はないのではないだろうか」

そう言うと、用意してあった植木鋏で花の柔らかな枝を切り、揃えると、こちらに手を伸ばしてきた。

「この花ね、せめてあなたのために活《い》けてから発とうと思っていました。ちょうどきれいに、咲いたからね。昨夜の長雨のおかげでしょう」

先生は、相変わらず茶色のカーディガンを着ている。

見ると、部屋の片隅にはボストンバッグが二つも用意されてあった。

私は立ち上がり、受け取った花を握りしめた。先生が自分で活けるつもりで用意してあったらしい、焼き物の花器が、キッチンのカウンターにひっそりと載っていた。私は胸が痛くなる。

帽子を脱ぐことができない。それですべてが終わりになるだろう。

晩年の源氏が、何事にも執着が深かったのを今更ながら思い出した。我が子より幼い女三宮を後妻にめとり、長年連れ添った紫上を苦しませた。女三宮は、年の頃も近い柏木との密通の末に薫を出産するが、体調は思わしくない。心配して訪ねてくれた朱雀院に出家の意向を伝え、髪を下ろしてしまう。それを知った柏木は嘆き、夕霧に、源氏より不興を買ったゆえ、なんとか間を取りなしてほしいと頼むのが、それが遺言となる。男の柏木も、不遇な姫君たちと同じように心身衰弱に陥り、死に至る。

〈宮もいと弱げに泣いたまひて、

「生くべうもおぼえはべらぬを、かくおはしまいたるついでに、尼になさせたまひてよ」

と聞こえたまふ。

「さる御本意あらば、いと尊きことなるを、さすがに、限らぬ命のほどにて、行く末遠き人は、かへりてことの乱れあり、世の人に誹《そし》らるるやうありぬべき」〉

宮もとても弱々しくお泣きになり、

「この先、生きながらえそうにも思えないので、せっかく来て下さった今この機会に、私を尼にして下さいませ」と、申し上げる。

「そのようなお望みなら、まことに尊いけれど、そうはいえ人の寿命はわからぬものです。この先が長い人ならば、かえって間違いを起こして世の中の人々の非難を受けることになるやもしれませんよ」

女三宮が、出家にいたるまでのやり取りは、やや回りくどい。

私は、多くを考えなかった。ただいつもの休日のように、通い馴れた美容室に立ち寄った。

「いいので、一気にお願いします」

そう、頼んだ。

「そう、少しも残さずに」

頭を五分刈《ごぶが》りにするのが出家ではないことくらい知っている。

だが、戸惑う美容師を見るのも面白かったし、帰ってきたときの先生の顔を想像するだけで、不安が紛れた。そうでもしなければ、帰ることができなかった。

男には、女を娼婦にする男と、どんな娼婦をも姫君にしてくれる男があるのかもしれない。

先生は、そばにいる女は姫君にする。そうであってほしいと望んでいるからなのだとこの期《ご》に及んで気づく。少なくとも、性の時間においては無邪気でされるがままになり、奥ゆかしくも実は貪欲《どんよく》に受け入れてくれる姫君でいさせてくれる。

女を娼婦にさせたいなど、よほど屈折した男だと、改めて一之を思い起こした。

「本当に、ばかだったわ。許して下さい」

また前の関係に戻りたかった。先生に、そばにいてほしかった。

「とても、寂しかった。もう先生が戻ってこないような気がして」

「住まいに戻らないはずがないのだがね」

戻れない場所にしたのは君だといわんばかりに、先生は、そう言った。先生は、哀れみを持った目で私を見つめ、その目の奥は冷たく光っていた。

帽子を脱ぐべきなのかどうかわからず、手がかすかに震えた。

「見て、先生。気持ちがいいでしょう」

買ったばかりの安物のニットキャップは、するりと脱げた。何の引っかかりもなく、手に落ちてきて、頭の上に清々しい気配が広がった。五分刈りの男のような頭が、現われたはずだ。

「貴女は、なんてことを」

先生は、ティーカップをテーブルに置くと立ち上がり、一瞬玩具《おもちゃ》を見つけた子どものような顔をした。

「触ってみても、構わないかな」

先生は、私の頭を両手でそっと包んだ。乾いた温かい、染みの浮いた手で赤ん坊を抱くように包んでくれた。ゆっくりとしたそのリズムがエロティックで、私はまた溶かされていきそうだった。腰の辺りに強く抱きしめられた。

「こんなことをして、一体どうするんですか？　ちい姫……」

窓の外に赤い車が走ったような気がした。先生は、私の頭から両手を離した。

〈夕立して、名残涼しき宵のまぎれに〉

また夕立ちでも降ってくれたらいいのに、今朝から、昨夜とはうって変わり強い陽射しが輝いている。私はそんな考えに逃げ込んだ。

赤い車から、やがて豊かな巻き髪の女が降りてくるのが見えた。黒々とした髪が光を集めて見えた。剃髪《ていはつ》した女の胸に広がる諦めと嫉妬、その両方が入り混じった新しい感情を私ははじめて知る。

「さようなら、先生」

私は、その背を見送り、扉を閉めた。

冬のちぎり

湖面に月影が揺れている。光は月よりこぼれ落ち、この水辺にまで運ばれてくるかに見える。

月明かりは、人の目だけを捉えるわけではないらしく、サイトウが、白くて太い尾を揺らし、私と並んで眺めている。

サイトウは、この三カ月もの間、共に暮らしてきた犬だ。同じ姓の飼い主が、明日にも迎えに来るはずだから、徒《いたずら》に親しみを覚えすぎないように、私はサイトウと呼び続けてきた。

「サイトウ、今日も月がきれいだね」

犬は、まるでその呼びかけをわかっているかのように、背筋を伸ばして、ひと声吠《ほ》える。

どこからなのか、秋の虫たちが鳴き声を響かせている。

まるで、「鈴虫」の巻。『源氏物語』だけは、先生の声とともになお隅々まで思い出せるのを、不思議に感じる。『源氏物語』五十四帖のうちの第三十八帖。

光源氏は、すでに五十代に差しかかっている。生涯変わらぬ愛を誓ったはずの紫上を裏切り、幼い女三宮を正妻に迎えた。

三宮は、何をするにも心得がなく源氏を失望させ、その上、柏木と密通し、不義の子を産む。

柏木は、心身憔悴の末に急逝してしまい、三宮は苦しみの果てに、髪を削《そ》ぎ落として出家の道を歩み始める。平安朝での剃髪とは、髪を肩口で切り揃えることを指す。しかし、背丈ほども長い髪は、女の命とも捉えられていた。

源氏は、その決意をすら翻弄する。「鈴虫」の巻では、出家したはずの女三宮への未練を滾《たぎ》らせる。

三宮の造った念持仏《ねんじぶつ》の開眼供養法会《ほうえ》を営むために、まめまめしく尽くす。秋には庭に鈴虫を運ばせこれを放し、虫の声で宮を誘おうとする。

今更そうしたことはあるまじきと、宮は恐ろしがってしまう。性愛の奥深さを知ってしまった宮は、出家後は、ようやく愛欲への渇望を忘れ、心静かに平穏なときを過ごしていたつもりだった。なのに、また求められるとは恐ろしく、父の勧める住まいの方へと移りたいと考えるのに、源氏はなお未練を募らせ、それを許さない。三宮は、嫌とは言えない弱い性格だった。

月が上りきらない夕暮れに、宮が仏間の縁に近いところで念誦《ねんじゅ》していると、源氏がやって来て言う。
「虫がむやみに鳴き乱れています」
源氏は秋の虫の鳴き声は様々だけれど、鈴虫ばかりはどこでも親しみやすく賑やかに鳴いて、愛らしいというようなことを口にする。
宮は詠う。
〈おほかたの秋をば憂しと知りにし
ふり捨てがたき鈴虫の声〉
秋は辛いものとは知っていますが、やはり鈴虫の声ばかりは、これからもずっと聴いていたいものでございます。
女三宮の声は、優雅で品があり、しっとりとしていらっしゃる。
「それは、思いもかけぬお言葉です」
と、源氏は言い、彼も歌を返す。
〈心もて草の宿りを厭《いと》へども
なほ鈴虫の声ぞふりせぬ〉
あなたは自分からこの世をお捨てになられたが、やはりお声は鈴虫と同じようにお変わりになりません。

源氏はその場に琴を持ってくるように言い、珍しく弾き始める。宮は数珠《じゅず》を動かすのも忘れて、聴き入ってしまう。月が上っていき、華やかな光に満ちた空が、しみじみと秋を覚えさせる。

やがてその琴の音を聞いた貴族らが集まって、秋の宴が始まる。

源氏が、出家した宮をも、そうやって追いかけていき、誘惑する巻。老いてなお、その遊びには趣きがあり、底知れぬ彼の情念に触れるような箇所だ。

「虫も、秋の終わり、必死に鳴いているね」

私はサイトウに再び声をかける。

三宮の真似をしたわけではないが、先生を裏切った私は、髪を丸刈りにした。

先生は、私の頭を乾いた手で撫でてくれた。まるで鞠《まり》でも撫でているように、先生もその新しい遊びをつかの間楽しんでいるように見えた。そして、今時赤いスポーツカーで迎えに来た「長野の君」の元にいるのだろうか。

あれは、真っ白な卯の花の咲き始めた季節だった。気の早い夕立ちが、長雨になった。

先生は、どうしているのだろう。私のことなどもう忘れてしまったのか、気まぐれに連絡をしてくる気配もない。

清澄の邸宅を、私も夏のうちに離れた。

同時に退職もしてしまった。つるつるの頭の女が黒いパンツスーツで店頭に立つのを、銀座のジュエリーショップは認めてくれなかった。

わずかばかりの退職金を手に、はじめて北海道へやって来た。一度、行ってみたいと思っていたし、失恋旅行するなら南っていうより北かな、という程度の単純な動機だった。その時分はまだ暖かかったし、北海道でなら、毛の伸びてきたねぎ坊主のような頭もそんなに人目を惹かないだろうと安易に考えたのだ。

はじめから、キャンプをすると決めていたわけではない。元々訪ねてみたかった大《おお》沼《ぬま》湖畔へ行くと、色とりどりのテントがたくさん張ってあり、一面に花が咲いているみたいにきれいだった。

キャンプをした経験はほとんどなかったから、一式レンタルをした。女一人とわかると、さすがに坊主頭であっても助けてくれる人たちがいて、案外スムーズに準備ができた。

朝にも夕にも、湖畔には、涼やかな風が吹き抜けた。

鳥の声に目が覚めコーヒーを沸かし、昼は自転車で湖畔を回った。夜は適当なつまみと、コップに少し注いだウィスキーで早々に寝てしまう。衣類も食器も、何でも同じ炊事場で洗う。みんながそうしているから、別に気にならない。

元々長野で生まれ育ち、自然の豊かな環境に恐れがなかった。暑さ寒さや空腹を凌《しの》げたら、しばらくはここにいられそうだと、私はすぐに気づいたのだろう。

髪の毛は、日に日に伸びていった。

はじめは触れると、つんつんと立った髪の毛が手の平に当たった。やがて髪の毛は大人しく寝ていった。

毎日観察日記をつけるべきだったかもしれない。

私の髪は元々、比較的柔らかくてまっすぐだったはずが、少々剛毛になった。変な癖も出てきた。

季節が過ぎて、今では爆発したように毛量がある。あんまり見かけた例《ためし》がないが、こんな髪型の女もたまにはいるはずだ。別に、おかしくはない。誰に会っても、そう振り向かれなくなった。といっても、湖畔にはもうほとんど人影もないのだが。

「約束は、明日までなのにね。ちゃんと帰ってくるかな、お前のご主人」

サイトウは、私の足下に丸くなる。よく躾《しつけ》された犬で、はじめて会ったときには、主人の漕《こ》ぐカヌーに同乗していた。犬なのにか、犬だからなのか、まるで誇らしげに背筋を伸ばし、前方を見据えていた。

暑い日には湖で泳ぎ、陸に上がると全身で身震いするので、飛び散った水滴が陽光に輝いていた。

飼い主は笑うわけでも、怒るわけでもなく、サイトウが何をしてもあまり関心を示してはいないような、堅物に見えた。

たまたま彼のキャンピングカーが私のテントの並びで、犬がこちらの様子を覗きにくるようになったのだ。

「犬はお嫌いではない？　ご迷惑ではないですか」

ある朝飼い主はそう言って、紙袋に入ったフランスパンやハムを手渡してくれた。近くの町の市場で調達してきたらしい。大変有り難い届け物で、以来、彼と私はほんの時々、簡易テーブルに向き合って一緒に時間を過ごすようになったのだ。

互いに何をしている人間なのかとか、住まいはどこかとか、そういう話はほとんどしなかった。彼は概《おおむ》ね犬とキャンピングカーについて、話していたろうか。

私の坊主頭について、理由を問いかけてくる様子もなかった。キャンプ初心者なのは見るからにわかるだろうし、五分刈りの女一人がレンタルの道具一式でキャンプ生活をしているには、何かしら理由があるだろう。

湖畔に身を投げるタイプに勘違いされなかったのが、救いだった。私の様子を、見張るような訝《いぶか》しげな目もしていなかった。もっとも、いつもサングラスをしていて、ほとんど彼の目を見る機会はなかったのだが。

湖畔に強い風の吹き付けた日があった。

風で様々なものが飛ばされてきた。タープや、菓子の袋を拾っては、持ち主のグループまで届けに行くと、そのつどサイトウも尾を振りながらついてきた。

新しくテントを張ろうとしていたグループもあった。男四人ものパーティだったのに、風に煽《あお》られ四苦八苦していた。すでにビールで上機嫌だったから、真剣にやっているようにも見えなかった。やがて雨が降り始め、彼らは急に慌て始めた。

私も手伝おうとしたが役に立たず、サイトウの飼い主が黙って手助けを始めると、テントはあっという間に立ってしまった。骨組みのしっかりした、大げさなくらい立派なテント、寝床とダイニングの二室式だった。

グループはそんな状況でも快活で、夕暮れになって雨や風が治まると、お礼に夕食をお裾分けしたいと言ってきた。

運んできた鍋を見ると何の変哲もないカレーだったが、私にはそれが殊更《ことさら》おいしそうに見えた。

サイトウの飼い主はどう感じていたのだろう。サングラスに手を当てたまま、「では、少しだけお邪魔しましょう」と、頷いた。

新しいグループは、テントの中にリビングセットを広げ、クーラーボックスから冷えたビールやワインを次々出してきて、我々に振る舞った。どこから来たのか？　二人は夫婦なのか？　失礼ながら職業は？　酒が空《あ》くごとに質問が増えていった。

テントの外に出されたサイトウが吠え、彼は、

「ぼくの方は、そろそろ」

そう言って立ち上がったときに、テントの屋根に引っかかって、サングラスが外れた。

新しいグループは、揃って、声をあげた。彼らは札幌に支社のある同じ会社に勤める同僚たちという話だったが、

「サイトウノブタカさんだ。うちの会社でCMやってもらったんですよ。今はどうしてるんですか？　こんなところで何をしているんですか？」

CMというくらいなのだからタレントか役者なのだろうが、彼がすぐにまたサングラスをかけてしまったので、私には誰かはわからなかった。ひと回りは年が上のようだったし、よく見たところで、覚えのない人物だったかもしれない。確かに犬と同じ

ようにいつも姿勢がよく、低く通る声をしていた。

サイトウさんと呼ばれたその人は、不機嫌そうにテントの外に出た。犬のサイトウが彼の後に続き、二人はキャンピングカーの中に入ってしまった。いつもなら、夜は焚《た》き火をして、静かに酒を飲んで過ごしていたのだが、その夜は出てこなかった。

翌朝、私は自分の方からコーヒーを手にキャンピングカーを訪れた。あなたが誰であろうと、少なくとも私にはどうでもいいことだと、アピールしたかったのかもしれない。

「あちらのグループは、明日の朝にはもう撤収してしまうんですって。昨夜は私もあれから少しして、テントに戻りました」

彼は、コーヒーを受け取って、車内へ通してくれた。

「この湖水も、もうじき凍るほど寒くなる。あなたは、これから、どうするんですか?」

サイトウさんに個人的な質問を向けられたのは、そのときがはじめてだったはずだ。

「私は、そうですね。寒くなったら考えようかな」

清澄へ越すときに、大半の家財道具は処分してしまってあったし、その後、衣類などの荷物も大半は実家へ送ってあり、身軽だった。

手持ちの荷物は、ここにあるボストンバッグ二つ分。先生が出ていくときと同じくらいしかない。もっとも先生の場合は、半分は本や資料があったはずで、私が買ってあげたガウンは置いていってしまった。私のボストンの半分は、もはや使ってもいない化粧品の類いだ。

その日のうちに、彼から提案があった。

「まだ先に予定がないのなら、この車でしばらく過ごしてみてはどうだろうか」

ずいぶん大胆に誘う男なのだなと驚いたのだった。夕食やキスより先に、一緒に過ごそうと誘われたのだから。

けれど、それは勘違いだった。

「しばらく留守をするので、よければこの車を使ってほしいのです。テントよりは、温かいはずです。それと、こいつの面倒も一緒に頼めないだろうか。短くてひと月、長くてもふた月。当座の生活費は渡しますから。どうだろう?」

「ずいぶん、性急なんですね」

サングラス越しでもわかるほど彼が笑っているのも、そのときはじめて見た。

目覚めて、外気を吸い込む。冷たく凝縮したように、空気が張りつめてきたのを感じる。紅葉が深まると、じきに雪が降り始める。郷里の長野での冬の訪れの予感を思い出す。

朝から落ち着かなかった。洗い立ての衣類に着替え、サイトウの体を、温めたタオルで拭ってやった。約束のぎりぎりの期限の日だ。キャンピングカーの寝具も日干しして、風を通した。

誰かを待つのには慣れていたし、ここではサイトウも一緒だった。生活費も受け取っていて、食うに困ったわけでもない。

けれど、しだいに心細くなっているのは確かだった。

キャンプサイトに人の姿はなく、訪れるのは、通りすがりのバイカーや、温かそうな衣類を着込んで車でやって来る観光客ばかりだ。カップルが身を寄せ合って楽しそうにはしゃぐ姿も煩《わずら》わしい。

太陽は刻々と位置を変えていく。高く上った日が沈み、夕映えになる。湖の向こうに聳《そび》える山は、すでに雪をかぶっている。

やがて月明かりが輝き始めたが、ついに彼は帰ってこなかった。

ボストンバッグ一つを下げて出て行ったきり、何をしているのだろう。だいたい、どこへ行ったのだろう。犬まで預かってしまって、一体私は何をしているのか。住まいと勤め先を失い、今度は身も知らぬ男との約束の果てに犬まで預かってしまった。職も髪の毛も住まいもなくて、一体この先どうしたらいいのか。

冷静になると心配事しか見当たらないはずなのに、夜ごと湖面に揺らめく月明かりの美しさに、どうせ、確かなものなど一つもないような気がしてくる。

思えばサイトウの飼い主が、いつからここに居たのかも知らない。私が来たときには、もうすっかりここで暮らしているように見えた。確かキャンピングカーとサイトウは同じ年で、七年前から一緒だと言っていたはずだ。

キャンピングカーの内部は、年季を感じる。とても清潔とは言い難い。ソファにもベッドにもサイトウの毛が紛れ込んでいる。犬の匂いがしなくもない。それでもキッチンの周囲には除菌用のスプレーがあって、外国製の鉄のポットや鍋、フライパン、マグカップなどがコンパクトにぶら下げられてある。

テントを畳んでこちらの車内へ移ってからは、私も簡単な料理をするようになった。肉やベーコンを焼いてサイトウと分け合ったり、スープで雑炊《ぞうすい》を作ったり、パンケーキを焼いたり。簡単な料理ばかりだが、楽しめるようになった。

飼い主が置いていったジャンパーやサンダルも平気で借りている。

限界だと感じるまでは、ここにいようか。サイトウを置き去りにはできないし、他に一緒に行けるような場所のあては一つもないのだ。それに今はまだ、どこへ行ったって、きっと先生への想いに苦しむはずだから。足の裏をぐりぐりとやられたあの悶えがほしくなる。

月影が夜ごと、冷たい湖へと誘うように、伸びてくる。

十一月の中旬に、空から雪が落ち始めた。

水面にも、落葉にも、白く雪が積もった。

サイトウのまつげも白く光り、彼はうれしそうに辺りを跳ね回っていた。

一台の黒塗りの車が、湖畔に停まった。

サイトウは急に動きを止めて、そちらに向かって鼻先を動かした。

大声で吠える。四肢をふんばって、二度、三度と体を震わせて吠える。

飛び出していく。

降りてきたのは、カーキ色の上等そうなダウンジャケットを羽織ったその人で、飛びついたサイトウを全身で受け止めていた。

外で焚き火の準備をしていた私のところにやって来ると、サングラスを頭上に移して謝ろうとしたが、私は久々に会うその人の胸に黙って体を傾けた。

人の温もり。都会の匂いがする。香料なのか、コーヒーや煙草なのか、とにかくここにはない匂いがする。

「よかった、まだ待っていてくれた」

「くれたって。待たなかったら、どうしたらよかったんですか？」

「それも、そうだったね」

彼は人ごとのように笑う。

「ひとまず、ここを出る準備をしよう。君は、自分の荷物だけ簡単にまとめたら、先にあの車に乗っていて」

その人は雪のうっすら積もった地面を踏みしめながら、キャンピングカーにあったバケツで、湖畔から水をくんでくる。燃え始めたばかりの薪《まき》に水をかけ、キャンピングカーの中を粗方《あらかた》確認すると、外から鍵をかけた。

ひゅーっと指を口に入れて鳴らし、サイトウを呼び寄せると、待たせてあった黒塗りの車に乗り込んだ。

「せめてものお詫びをさせて下さい」

彼は、湖の反対側へと車を向かわせる。

湖畔の反対側、はじめて行くところだが、わずか十キロも離れていないそこには、瀟洒《しょうしゃ》な宿があった。湖畔に向かって大きく切り取られた窓が、よく磨かれて光を反射させている。オーベルジュのようだ。窓の外からも、マントルピース式の暖炉の火が燃え盛っているのが見える。

サイトウも一緒に迎えられる。

部屋に入るとき、彼から、懐かしい百貨店の袋が手渡された。

シンプルなニットのワンピース、ブーツ、新しい下着までが、収められてあった。

ゆっくり風呂に浸かって、短い髪に気持ちばかりドライヤーの風をあてる。

キャンプ中にだって、風呂には時々入っていたが、衣類のすべてに燻《いぶ》された匂いがしていた。ひび割れの始まった手や唇は、クリームを塗るとどんどん吸収していった。

着替えてロビーへ向かった。

彼は暖炉の火を見つめていて、サイトウは飼い主の足下でやはり安心したように眠っている。

用意された衣類は、どれも私には少し大きかった。

「そうか、だめだったか。映画のようにはいかないね」

彼は私の、どこかちぐはぐな全身を眺め、そう言って苦笑する。もうサングラスをしていない。確かに一時はよく目にしていたような、彫りの深い顔立ちだ。

「役者さんだったんですね」

私の問いかけに、彼は頷く。

「七年ぶりに、一本、演じてみた。だけど撮影が、予定よりずいぶん延びてしまってね、申し訳なかった」

「うまくいきましたか？」

七年ぶりなのだから、うまくいくはずもないような気がしたが訊いてみた。そういえば先生にもよくその質問をした。立派な大人はそんなときに、何と答えるのか、ただ知りたいだけだったような気がする。

「まあ、その通りの役だったからね。犬と里山で暮らしている男。ただ、その犬がばかな奴でね、早くこいつに会いたかったよ」

その夜はレストランで、高価なシャンパンやワイン、ジビエを振る舞われた。

私は、ワインを空けながら、留守番をしていたサイトウの様子を伝え、彼の方はそのばかな犬の話をおもしろおかしくしてくれた。

「それであなたは、この先、どうするの？」

二本目のワインがほぼ空く頃になって、彼が首を傾げて訊いてきた。

「あなたの方こそ、どうするの？　またお仕事の世界に戻るんですか？」

　私も訊ねてみた。

「まだ、僕の方の質問に答えていないよ」

　少し頬を赤くしてそう言った彼には、やはり往年の役者らしい華があった。

「だって本当にまだ、何も決めていないんです。ただ、長野には、一度戻らなくてはいけない。実家に荷物を預けているから。かといって、実家に住むわけにもいかないような気がしているけど」

　長野と口にすると、まだ心臓に血流が増し、脈打つように思えた。

　郷里だったはずの場所には、「長野の君」と過ごしている先生がいて、年明けにも新しい子どもを迎える一之がいる。それに、一時は先生に溺れかけた母。郷里はすでに、おかしな磁気を帯びた場所になってしまった。

　けれど、私には他に一つとして、行くべき場所がないのだ。

「でも、長野なのかな、やっぱり」

「やっと聞けたね。よかった。だったら君を、キャンピングカーで長野まで送ってあげよう。そうだ、そうしよう」

彼は握りこぶしを小さく握り、まるで自分を励ますようにそう言った。

「変なの。そんなにうれしそうな顔をして」

私は、残っていたグラスのワインを飲み干して、肩の下がってくるセーターの襟元を直した。

「どうしてうれしそうかって？　なぜなら、僕に新しい予定ができたからだ。本当にすべきことを、ずっと探し続けている。それが僕なんだ。おかしいだろうけどね」

彼もそう言って、ワインを飲み干した。


フェリーで青森まで渡り、東北自動車道を南下した。

住居スペースがそのまま移動しているようなキャンピングカーでも、バックはベッドの上で丸くなったり、窓の外を眺めたりして伸び伸びとしていた。白く輝くような毛のレトリバーだ。

バック。そうだ、斎藤さんの飼い犬の名はバック、私はようやく親密になるのを許されたのだと自分に言い聞かせ、彼らの名をそれぞれ呼ぶようになった。

彼が長い距離の運転を少しも苦にしていないのがわかる。音楽をかけて、寛《くつろ》ぎながらハンドルを握る。

役者としての彼は、四十代になった頃一度当たり役があって、世間でもてはやされたそうだ。けれど、じきに潮が引き始めるのを感じた。

斎藤さんは、哀れな末路をたどった先輩方をたくさん見てきた。はっきり言うなら、怖くて仕方がなかった。カナダに渡ってキャンピングカーと犬を買った。一緒に日本まで戻り、ようやく見つけた快適なキャンプ場が、道南の湖畔だった。バックが寛げる木陰があり、気が向くとその冷たい水の中へといつでも泳ぎ出せるような水辺のある場所だった、と彼は教えてくれた。

長野では、私が斎藤さんに代わって、駅前のホテルにチェックインした。斎藤さんは部屋でシャワーを浴びるだけで、長居するつもりはないようだった。バックを連れてあがるわけにもいかず、犬は車で留守番だ。

私の方は、彼らとそこで別れを迎えるはずだった。約束の期限はそこまで。長野まで私を送り届けたら、彼の約束は終わりだった。

私も、斎藤さんと部屋へ上がり、シャワーを浴びさせてもらった。あの車にずっといると、バックの匂いになる。

先にシャワーを浴びさせてもらう間、斎藤さんは真剣にテレビを観ていた。

いつも湖畔をじっと眺めていた斎藤さんが、騒々しいテレビ画面を観ているのは、意外な光景に見えた。

「先にすみません。おかげ様で、さっぱりしたみたい」

「じゃあ、代わろうかな」

斎藤さんがリモコンのチャンネルを何度か名残惜しそうに変えたとき、私は思わぬ声を耳にした。あの艶のある、通りのいい声だった。

「待って」

思わずリモコンに手をかけた。

「少しだけ、見せてほしい」

地元局のローカル番組だろう。ただ椅子とテーブルだけの簡単なセットに先生が座っている。隣にいる巻き髪の女は、まさしく長野の君だ。真っ赤な口紅を引き、赤いジャケットを着ている。先生は地味なスーツに身を包み、机に資料を広げてこちらを向いて座っている。

「性愛というのは、どこまでも滑稽なものですよ」

先生は、真顔でそう話している。

「たかが人の手や唇や、体の一部が触れただけで、人は喘ぎ、うなされたようになり、時には人格まで崩壊させるわけです」

「『源氏物語』の姫君たちのお話ですね」

　長野の君は少し困ったように、そう言って質問を向ける。

　先生は平然と答える。

「源氏の世界だけを言っているのではありませんよ。現実の世界の男女の交わりがすべて滑稽なのです。だからこそ、それを情緒主義に徹して描いた紫式部は強《したた》かなのです。性愛の滑稽さと奥深さをよく知り抜いていますね」

「えーっと、ですね」

　長野の君は答えに窮し、話は嚙《か》み合わない。

　斎藤さんはそれを見て、苦笑いしている。

「この人なんです」

　私はテレビの画面に指を伸ばす。目の下に幾重もの皺のドレープを作った老人、肩は下がり、手は微かに震えているだろうか。それでもなお人を誘うようなおそろしい目をして、そこに座っている。

「私ね、ずっとこの先生が好きなんです。大のファンだったの」

　大という言葉を大声で口にすると、自分でもおかしくなった。

「そう、君は『源氏物語』みたいな話を読んできた人だったんだね。いい趣味だな」

斎藤が何をもっていい趣味だというのか、わからなかった。『源氏物語』など、おそろしい魔界だ。一人一人が、愛欲の世界へ溺れていく。先生が言うように、滑稽な性愛の果てにただ孤独を見つけていくかのようだ。

「だからかな。どこか浮世離れしているみたいで、君といると心が落ち着いた」

「それはただ、私が坊主頭だったから」

斎藤は急に私の方を見て、目の奥を光らせた。

「待っていてくれる?」

彼はシャワールームへと消えた。

画面の中の先生の声を聞きながら、私は別の男に抱かれるのだろうか。そんなことができるのだろうか。特別ほしいと思ったわけでもないのに。けれど私は、誰かに抱かれたい気もしてきた。先生を見て、足裏は熱を思い出し、慰めを待っている。迷っているくらいなら、急いで逃げてしまえばいいのに。五分刈りにしたあのときの気持ちを思い出したらいいのに。女三宮は、源氏の誘いをおそろしく思ったというけれど、それは彼女の中にもまだ鎮まりきらない火照《ほて》りがあったからだ。女が一度知った愛欲から完全に解放されることなどないのだと、式部は繰り返し姫君たちに託して綴る。

斎藤は筋肉質で、よく鍛えた体つきをしていた。胸板は彫刻のようで、うっすらと生え揃った胸毛も見事だった。胸に顔を埋《うず》めると、胸毛にくすぐられ、皮膚の下に薄くはった筋肉を感じた。それだけで、見知らぬ快楽へのときめきがあった。かつて触れたことのないほどの、よく手入れされた体。抉《えぐ》れた腰と、引き締まった尻の隆起も素晴らしかった。

けれど、交わりはあまりにあっけなかった。斎藤はどこまでも紳士的で、まるで教科書の通りに私の全身を愛撫した。繋がって、出したり入れたりするだけ。本当に滑稽だと思う。それだけで、男も女も確かに多少は気持ちよくなるのだから。

私はまだ先生のそれが好きなのだと寂しくなった。

「よかったって、言ってくれる？」

彼はあまり自信なさそうに、そう訊いてきた。

うん、と短く答えた。

私はわかっていたのだ。もうきっと、他の誰と寝たって、満たされない。先生より、好きにはなれない。きっと、そう。

「ここから母に電話していい？」

「もちろん、どうぞ」

彼はミニバーから水を出し、二つのコップに注いでくれた。

喉が渇いていた。自宅の電話のコール音が響く間に、飲みきってしまう。

「あら、千佳、長野ってまあ、よく帰ってきたわね」

案外、華やいだ声だった。

「少し寄ってもいいでしょ?」

先生と出会う前までは、母娘でお揃いのアンサンブルのセーターなんて着ていたのだった。カルチャーセンターに通う母に同行する、退屈な一人娘が、私だった。それが、母娘して先生に出会う、きっかけだった。

「千佳、お母さんもこれから駅前に行くわよ。お友達と書道の三人展をしていて、あなたもそっちの会場に来てよ」

「なんだ、いいタイミングだったね」

「来てくれる?」

「いいよ。じゃあ、後でね」

私は会場の名前をベッドサイドでメモした。

斎藤は私の肩を抱き寄せて、唇をそっと重ねた。顔にこそ皺は寄っているが、改めて隅々まで見事な体付きだった。それなのに先生よりよくないなんて、切なかった。

「母が、趣味の展覧会に出品しているみたいで。そこで会う約束をしたの。たぶん、ここからすぐ近く」

「千佳、僕も行こうか」

彼は私の名を呼んで、そう言ったとき、えっ？　と、間抜けな声で聞き返してしまった。

田舎の人たちにも親しげなタイプにはとても見えなかったからだ。キャンプ場でも、ずっとサングラスをしていたくらいだ。

「『源氏物語』の好きな娘を育てた母君には、ぜひ会ってみたいな」

「源氏か。それだったら元々は母の方が好きで、もしかしたら今日の展覧会もきっと、それをちょこちょこっと薄墨で書いたような感じだと思うわ」

「なるほどね」

斎藤は裸の私の胸の先にも、へそにも口づけした。もう一度始まりそうなので、私はシャワーに立った。誰とのときもしばらくは、終わった後はすぐにシャワーをしなくては嫌だ。後で好きになる相手でも、しばらくは相手の体液やよだれが体にまとわりついているのが気になって仕方がない。相手もそうだと思う。それがいつしか、気にもならなくなっていくのが私にとっての性愛だ。

いつの間にかテレビは消されている。

代わりに流れているのは、ホテル設備のＢＧＭでどこか古くさい、カントリーミュージックだった。


地元の駅前の雑居ビルには、テナントのない空室が目立った。

その一角に、幾つか花が飾られている派手なスペースがあった。母らが義理で贈り合う花が所狭しと置かれている。

〈三人展〉の名前はそれぞれ、私が子どもの頃から知っている人たちだった。同じ幼稚園の同窓生の母親たちのはずだ。

会場には同窓生もいたし、母親たちもいた。三人でこつこつ書いてきた字はいかにも素人っぽく、それでも銘々立派な額装を施され、展示されていた。

「お母さん。お花でも持ってきたらよかったかな」

後ろから私が声をかけると、母は驚いて後ろを振り返る。

「あら？　え、千佳、この方役者さんじゃない？」

母らがぞわぞわと集まってきて、斎藤を取り囲んだ。案外、満更でもないように陽気に答えてくれているのに、私はほっとする。

「ね、もしかして、そういうことだったの？」

母が、やけに湿めり気を帯びた目で見つめ、小声でそう訊いてきた。

「あの頃の私のこと、消しゴムがあったら千佳の記憶から、みんな消したいんだけど」

「違うよ。お母さんが勘ぐっていた通りだった」

私はそう言いたくなる。言って母の胸で泣きたくなる。

「ところで千佳は、なぜそんなに短い髪にしたの？」

私の心の声には気づかずに、母はむしろ斎藤へと問いかけるようにそう訊いてくる。斎藤がふとこちらを見る。ほんとうだ、なぜ？　とその目は訊いている。

「この人なんです」と、さっきテレビの前で話したのに。

この人が、すべての理由だった、と。

リードを引かれたバックは、薄墨の匂いに満ちた会場でも、ずっとおとなしく飼い主の側にいて、一緒に母らの興味本位の対象にされていた。

私は母の字を見つけた。

〈絶えぬべき　御法《みのり》ながらぞ　頼まるる　世々にと結ぶ　中の契《ちぎ》りを〉

薄墨の字が、大きな半紙に流れるように書かれている。

私は声に出して、読んでみる。確か、第四十帖、紫上が、心痛のあまり病に伏してからの独り語りだ。

久しぶりの法会に大勢が集まり、管絃の遊びなどがあったが、紫上はもう今生《こんじょう》ではこれが最後かと悟っている。子もなく、たった一人のよすがであった源氏は女三宮を正妻に迎え、人生も終盤となって予想もしていなかった裏切りにあった。

法会の後、紫上にはしばらく体を起こしていた疲れが出て、苦しく床についていたのだが、ともに源氏を愛した花散里《はなちるさと》の君ともこれが永遠の別れのように思えて、名残惜しく詠う。

この世での私の法会は、これで最後となるでしょうか。功徳によって結ばれましたあなた様とのご縁を頼もしく感じております。

花散里も歌を返す。

〈結びおく　契りは絶えじ　おほかたの　残りすくなき　御法なりとも〉

残り少ない命の我が身には、どのような法会もありがたく、けれどこのような盛大な法会によって結ばれるご縁は、一層絶えることがないでしょう。

紫上の体調はこの後よくなることはなく、やがて源氏に先立ち命を終える。

源氏は五十を過ぎてはじめて自らの過ちに気づき、深い憂いの中へと落ちてゆく。

母の思惑とは違うのかもしれないが、私にはこの歌を選んだ母はなかなかユーモラスだと感じた。

ここにお集まりになった皆様へのご縁に感謝しておりますという挨拶の代わりに、個展もこれを最後にいたしますとでも言いたげだ。毎回花を贈り合ってお稽古ごとの発表会をする年でもないのだろう。

「いいと思うよ、これ」

私は、側までやってきた母に言う。

「ほんと、うれしいわ」

やけに素直な口調だ。

「ねえ、斎藤信尚《のぶたか》なんかと、どこで出会ったの？　私、昔ファンだったわ」

キャンプ場で出会ったと、正直に話したが、いつとは言っていない。私がガウンを買った相手は彼と思うだろうか。

「やっぱりいい男ね。みんな大騒ぎ。お花よりずっといいわ」

オレンジのブラウスを着た母は、そう言って私の肩を叩く。

同窓生は、私を見つけると、昔のあだ名で呼ぶ。

「そこにいるのは、チュウチュウじゃない！」

斎藤がそれを見て、笑っている。

「まだ覚えてるのそんな呼び方？」

「どうしちゃったの、ずいぶん短い髪にしたね」

「案外、似合うと思うんだけど、だめ？」

旧知の仲間たちや幼稚園の先生方の近況を、聞かされる。郷里に居続ける同窓生たちがこんなに明るくいられるのは、人の道に外れた恋愛などしないからなのだろうか。誰もが思慮深く懸命に見えてしまう。

そのとき、バックが急に吠えた。二度も、大きな声で吠えて、斎藤はバックを叱った。

「先に出るよ」

斎藤は私に耳打ちした。ポケットから折り畳んだメモが渡される。さきほど触れ合った皮膚がすぐ近くに寄ると、心より先に体がまた熱を通わせようとするかのようだ。

「終わったら、連絡して」

返事をしようと顔を上げたとき、エレベーターの扉が開いた。まるで白く光があふれたようで、そちらに目が向かった。

その先にいたのは、見事な白髪を輝かせた、杖をついた人だった。たった一人で、杖をついて、ゆっくりと会場にやって来たのは、間違うはずのない人だった。

コートの下に、懐かしい茶色のカーディガンを着て、肩から鞄をかけている。白い髭が顔中に生えている。

「まあ、先生。来て下さったんですね」

私が言うよりずっと先に、母は側に駆け寄り、すぐに同窓生らも寄っていった。なんという華を抱えて生きているのかと私は感心してしまう。斎藤の威光はすぐに失せてしまい、先生一人が関心を集めている。

やがて輪が解けるようになり、先生は母に連れられ、さきほどの薄墨の文字の前に立った。

そこにいる私にだって少しくらい気づいていたはずなのに、墨に呼ばれるように、じっと食い入るように字に見入っていた。

「紫上と花散里が、法会の後に歌を詠み合う。人生の終わりの時間を悟った女たちの胸には、かつて法会のたびに多少は争ってきた女としての盛りの姿がよぎる。しかし、だからこそこうして共にあるのはご縁だと感じ合う、私もとても好きな場面です。少し髪の毛に白いものが交じった女たちの柔らかさが目に浮かぶようだ。薄墨の文字が、よく合っていますね」

先生がそう言うと、母は感極まったかのように胸に手を当てた。

私は少し離れた場所から、じっと先生を見つめていた。視線にはいつ気づいたのか、先生は眼鏡の奥でこちらに向かって柔らかい笑みを浮かべた。それは、言いようもない優しい表情に見えた。数歩だけ、杖をこつこついて、近づいてきた。

「ずいぶんと髪が伸びましたね。それだけ月日が経ったのだな」

掠れた声が、ささやくように言う。

「杖なんて、どうしたのですか？」

「転んだのです。もう階段のある家には住めないようです。うまく動けないと、こうも心が鬱《ふさ》ぐものかと思いますよ」

「先生、こちらもご覧になってほしいわ」

母は自分の展覧会だとばかりに、先生の腕を抱えて、連れていった。

私は斎藤と一緒にエレベーターで降りた。

ずっと胸が高鳴っていた。

「さっきの人、あのテレビに映っていた、性愛先生だろう？」

斎藤がバックの頭に手をやって、そう訊ねてくる。

「母も私も、ファンだったから」

私の声は上擦っていただろう。性愛先生だなんて、うまい表現をすると私は笑ってしまう。けれど笑うと、心が揺れて涙が溢れてきそうに思う。

「母もあんなのを開くのは最後だと思うから、見てあげられてよかった。一緒に行ってくれて、ありがとう」

外に出ると、バックはまた吠えた。

輝くような白髪の女性が前を通り過ぎた。彼はなぜ吠えたのだろうか。


斎藤が出た三夜連続のドラマを、私は長野で見ていた。母の作った夕食を二人でつまみながら、どちらも適当な感想を口にする。

かつてのプロ野球の名投手が、人里離れた山奥で、犬と暮らしている。ある晩、小屋の戸を叩く者があって、中へ入れてしまう。怪我を負った若い女を中へ入れて、世話をするうちに、抱いてしまう。しだいに、女は逃亡者であるとわかるが、すでに愛し始めてしまっている。

特別際立ったストーリーではないのだが、新人女優の演技は新鮮で、惜しげもなく白い肌をあらわにした。薪を割ったり、土を耕す斎藤の姿には輝きがあり、番組は高視聴率を収めたと新聞は報道していた。

「しばらく東京にいることになりそうなんだけれど、千佳は来れないだろうか。千佳といると、落ち着くんだ。バックも待っているよ」

彼は一度抱いた女への責任のように、そう電話をしてきてくれた。

反対に先生の教養番組は終わってしまったようだった。毎週くまなく新聞のテレビ欄を探しても見つからず、局に電話をすると、そう教えられた。

私の頭のなかには、展覧会の会場で向けられたあの優しい表情が棲み着いた。杖を手にゆっくり歩きながら、そっとこちらを見上げた先生の表情が忘れられない。

実家の二階の窓から、顔を出すと、隣家の犬は騒々しくよく吠えてくる。

新しい年は雪が多く、毎朝、雪かきが私の仕事になった。居候《いそうろう》にもせめてもの役目があったのが救いだ。

母は家事をすべて午前のうちに終えると、墨をすり始める。先生の講義で求めた『源氏物語』の原文をひもときながら、半紙に綴る。

私にはそれが母の出家のようにも思えている。

その様子を目で認め、私は二階でコーヒーを飲む。

「もしもし、今、よかったかしら」

電話の向こうから赤ん坊の泣き声は聞こえてこない。

「君か。驚いたね。どこにいるの？」

一之は、まるで鼻で笑っているように偽悪的な口調になる。

「ただ一つ訊きたかっただけ。先生は、どうしていますか？」

「親父？　あの人だったらね、長野の君には見捨てられたようだよ」

私は驚いて、訊き返してしまう。

「それで、番組も終わりに？」

「いや、逆なんじゃないのかな。番組はあれこれ親父が問題発言を繰り返して打ち切りだよ。それで、だったら長野にいる理由はないと、また東京へ帰った」

「じゃあ見捨てられたわけじゃないじゃない。先生が東京に？　一人で東京にいるの？」

「さあ、一人かどうかはわからない。だけど相変わらず、あの清澄の家にいるはずだよ。庭の手入れをしなくてはいけないから帰るんだとか言っていたかな」

私は押し黙り、最後にあの家で会った日に先生が摘んでくれた白い卯の花を思い出した。

「ねえ君、まさか清澄へ行くつもり？　それは困るな。だったらちゃんと言うけれど、彼は一人じゃない」

「本当に？」

「世の中には、物好きが尽きないよな。今度の相手は、君の母親くらいの年齢じゃないかな」

私は苦笑する。階下で一心に墨の字を書く母を、私は思い浮かべる。よかった、と思う。誰にも囚われず、先生はなお彷徨《さまよ》っている。不自由な身で都会へと戻っていき、なお彷徨っている。

階下へ駆け降りると、墨の香りが広がっていた。

「戻ろうと思う、私」

「戻るって、どこへ？　東京へ帰るの」

顔もあげずに、母は「幻」という字を書ききる。

「どこかわからないけど、これまで千年続いたような道を、私も歩いていきたい。たぶんそれは、誰かを必死で愛するってことなんじゃないかと思う」

母は墨をする力を弱めた。硯《すずり》の中の墨を筆の先につけ、半紙で色を確かめた。

「どのくらいの色がいいのかしらね。今もって私にはわからないの」

母の言葉を聞きながら、私は顎まで伸びた髪を、耳にかけた。耳が熱を持っていた。体中が熱を帯びているようにも感じられた。

　けれど、その薄墨の色は「幻」と書ききっていた。源氏の第四十一帖だ。源氏は独居に入る。

〈春が深まりゆく寂しさを詠う〉

　母たちは自分よりもう少し先の道を、歩いているのだ。はじめてそう気づかされた思いがした。幻を抱えながら、確かな千年の道を歩いている。

初出

千年鈴虫　『オール讀物』二〇〇八年十月号
鈍色の衣　『FeelLove』vol.10 2010 Summer
庭園の黄櫨　『FeelLove』vol.11 2011 Winter
光らない君　『FeelLove』vol.12 2011 Spring
夕立して　『FeelLove』vol.13 2011 Summer
冬のちぎり　『FeelLove』vol.14 2012 Winter

本書は、平成二十四年十月、小社から四六判で刊行された作品です。刊行に際しては、雑誌掲載時の作品に加筆・訂正が加えられました。

解　説――タブーに飛び込む主人公たちに引き込まれていく物語

女　優　川上麻衣子《かわかみまいこ》

志穂《しほ》さんと初めてお会いしたのは、今から二十五年ほど前。当時山城新伍《やましろしんご》さんが司会を務《つと》められていたお昼の生放送に、コメンテーターとして出演した際だったと記憶しています。

隣同士の席を用意された私たちは、お決まりの芸能ニュースなどのＶＴＲを観《み》ながら一言二言《ひとことふたこと》感想を述《の》べ、途中に挟《はさ》まれるコマーシャルの間のほんのわずかな私語をきっかけに、急接近となりました。すでに『結婚しないかもしれない症候群《ようし》』を発表し、新進女性作家として注目を浴びていた志穂さんは、華《はな》やかな容姿《ようし》の、時代の先端を生きる女性として私の憧《あこが》れの存在でしたから、普段《ふだん》はコメンテーターという仕事を敬遠しがちな私も、この日だけは特別な気持ちだったことをよく覚えています。

今思うと、一タレントが、台本にない個人的な意見を述べることは、まだまだ、とても難しい時代でした。なるだけ過激な発言は控え、当たり障りのない微笑みでやり過ごす技量に優《すぐ》れた人たちで、芸能界は溢《あふ》れていました。そんな中で突然現れた志穂さんは、辛口な意見もさらりと言える、とても新鮮な存在でした。引き合わせてくださった故・山城新伍さんには、改めて感謝の気持ちが湧いてきます。

果たして、実際にお会いした志穂さんの印象は、思い描いていた通り、潔《いさぎよ》さを感じる魅力的な女性で、まだ二十代を共に生きていた私たちは、きっと本音《ほんね》で語り合える友になりそうな予感を、すぐに得ることができました。

互いの家を訪ねたり、役者仲間が集《つど》う、我が家での飲み会に参加してくださったりと、自然と交流も深まっていきました。

年齢を考えれば、話題は当然互いの恋愛が中心でしたが、私たちには似ている面と、全く考え方が違う面と、その両面が常にあった気がします。

「え～?? 麻衣ちゃん、それは違うと思うよ」という志穂さんの声が、今も心地《ここち》よく耳に残っています。特に独身同士であった私たちが語る未来像は、将来子供を産むであろうことに執着《しゅうちゃく》する私と、そこには一切《いっさい》の興味を感じないという志穂さんとでは、全く違っていました。時を経《へ》て今、志穂さんは母としての顔を新たに持ち、家族との絆《きずな》を育《はぐく》みながら作家としての道を歩《あゆ》んでいます。一方、私はといえば、子供を産りました。

むことを諦《あきら》め、離婚を経て、相変わらず女優という仕事に奮闘《ふんとう》しています。

「思い描いていた未来が逆転しているね」そんな会話を先日久しぶりの再会で交わすこととなりました。

　その再会の日の帰り際《ぎわ》、もしできたら解説をと、『千年鈴虫』を手渡していただきました。鮮《あざ》やかな色の装幀《そうてい》（単行本版・編集部注）からも、その内容が妖艶《ようえん》であろうことがわかります。

　ちょうど地方での仕事の移動で乗った新幹線の往復で、一気に世界に引き込まれ読《どく》破《は》しました。

『源氏物語』を教える年老いた講師を中心に、翻弄《ほんろう》される母と娘。主人公である千佳《ちか》が魔界へと足を踏み入れてしまう過程は、読んでいる私自身にも不安が伝染し、微熱を帯びた気だるさの中で、読み進んでいきました。『源氏物語』の一節をつぶやく、講師のその声に千佳が惹《ひ》かれていくように、私の耳元にも艶《つや》を帯《お》びた色気のある声が届いてくるようでした。そして常に感じる母親の気配。

　志穂さんの小説を読むとき、そこに描かれる母と娘の関係は、いつも私の胸を突き刺します。今回はまた特別に、チクチクと、あるいはえぐられるような痛みを持って、心に飛び込んできました。

千佳が母親の綺麗《きれい》に伸びた爪に施《ほどこ》されたマニキュアを見て、「女そのもの」と感じる場面があります。女同士であるが故《ゆえ》の、独特な感情なのでしょうか。娘として、母である人の中に女を感じたとき、ふと、身構えてしまう妙な感覚があります。

以前まだ私が二十代の若い頃、母と私との共通の友人である男性に、「母親には、母として子供を育てるタイプと、女として子供を育てる母親がいるけれど、あなたのお母さんは完璧《かんぺき》に後者だね」と言われ、その友人は褒《ほ》め言葉として伝えたかったのでしょうが、私には不快に感じられた経験があります。千佳が全編を通して抱《かか》える憂鬱《ゆううつ》に、ふと昔味わったそんな感情が思い出されてきました。

志穂さんが描く千佳という女性からは、肉体的にも精神的にも男性に支配されていくその一方で、冷たい棘《とげ》を持って自身を見つめる強さを感じます。彼女が最後に下す決断は心地よく、女として応援したくなる魅力的なキャラクターです。

しかし、重要な役割である彼女の母親と、講師との関係。母親と講師との時間が、いったいどのように流れていたのかは、最後まで謎に包まれたままです。

女優という仕事柄、小説を読むときには、ついつい、自分が演じる役をその小説から探してしまう癖《くせ》がありますから、今回は千佳の母親の、表に見えない顔にとても興味をそそられました。そこには、大きなもう一つの物語が隠されています。

した。

「母の顔の中に修羅《しゅら》が見えた」

その一行がとても印象的に、一人の年齢を重ねた女が放つ情熱と苦悩を感じさせま

演じてみたいと思う半面、もしもそんな機会が訪れたなら、身を削るような辛《つら》い仕事になるであろうことが浮かびます。しかし、過酷な作業であればあるほど、惹かれてしまうというあたりが、役者の困った性《さが》なのかもしれません。

以前、デビューから可愛がっていただいた巨匠と呼ばれる監督に、若い頃、「あなたは、どんなに汚れた役を演じても、汚れて見えない点が女優として足りませんね」と叱《しか》られ、大いに悩んだ時期がありました。そして時を同じくして、今度は脚本家の巨匠と知り合い、「他の女優さんでは、表現できない嫌悪感を持つ言葉も、あなたになら言ってもらえる。作家として意欲がわきますよ」との褒め言葉をいただきました。以来、この二つの言葉の狭間《はざま》で、私は女優として生きてきた気がします。

自分が表現者として、まだまだ未熟ながらも、持って生まれた個性の中にこの二つの意味合いが隠されているのだと、信じることにしました。より過激な設定や環境に追い込まれたほうが、私の欠点は長所に変わることがあるのだと。

冒頭で私が、志穂さんと似ている面があると書いた点は、実はおこがましくも、こ

この辺《あた》りにあります。

志穂さんの描く世界は、女性の歪《ゆが》んだ内面を赤裸々《せきらら》に暴《あば》いてしまう鋭い表現力で、読んでいてハッとさせられます。タブーと呼ばれる世界にさえ、真正面から飛び込んでいく主人公たちは、時に過激な環境を生きようとしますが、不思議と嫌悪感なく物語に引き込まれていきます。その背景には、志穂さん自身が持つ、絶妙なバランスがあるのではないでしょうか。

母となった志穂さんの、さらなる過激な創作を楽しみに、いつの日か志穂さんが作り上げた人物を、表現者として演じることができる日を楽しみにしています。

今回解説を書くにあたり、以前書かせていただいた『結婚しないかもしれない症候群』の文庫本解説を読み返してみると、そこには若かりし頃の私と志穂さんがありました。

一児の母となった志穂さんに比《くら》べ、当時とほとんど変わらぬ環境にいる自分には苦《にが》笑《わら》いですが、私たちを繋《つな》ぐいちばんの話題が、今も昔も二人の大好きな「猫」であることは変わらないようです。

千年鈴虫

一〇〇字書評

切・り・取・り・線

購買動機（新聞、雑誌名を記入するか、あるいは○をつけてください）

- □（　　　　　　　　　　　　　　）の広告を見て
- □（　　　　　　　　　　　　　　）の書評を見て
- □ 知人のすすめで
- □ タイトルに惹かれて
- □ カバーが良かったから
- □ 内容が面白そうだから
- □ 好きな作家だから
- □ 好きな分野の本だから

・最近、最も感銘を受けた作品名をお書き下さい

・あなたのお好きな作家名をお書き下さい

・その他、ご要望がありましたらお書き下さい

住所	〒				
氏名		職業		年齢	
Eメール	※携帯には配信できません		新刊情報等のメール配信を 希望する・しない		

この本の感想を、編集部までお寄せいただけたらありがたく存じます。今後の企画の参考にさせていただきます。Eメールでも結構です。

いただいた「一〇〇字書評」は、新聞・雑誌等に紹介させていただくことがあります。その場合はお礼として特製図書カードを差し上げます。

前ページの原稿用紙に書評をお書きの上、切り取り、左記までお送り下さい。宛先の住所は不要です。

なお、ご記入いただいたお名前、ご住所等は、書評紹介の事前了解、謝礼のお届けのためだけに利用し、そのほかの目的のために利用することはありません。

〒一〇一―八七〇一
祥伝社文庫編集長　坂口芳和
電話　〇三（三二六五）二〇八〇

祥伝社ホームページの「ブックレビュー」からも、書き込めます。
http://www.shodensha.co.jp/bookreview/

祥伝社文庫

千年鈴虫《せんねんすずむし》

平成28年7月20日　初版第1刷発行

著　者　谷村志穂《たにむらしほ》
発行者　辻　浩明
発行所　祥伝社《しょうでんしゃ》
東京都千代田区神田神保町3-3
〒101-8701
電話　03（3265）2081（販売部）
電話　03（3265）2080（編集部）
電話　03（3265）3622（業務部）
http://www.shodensha.co.jp/

印刷所　堀内印刷
製本所　ナショナル製本
カバーフォーマットデザイン　芥 陽子

Printed in Japan ©2016, Shiho Tanimura ISBN978-4-396-34225-8 C0193

祥伝社文庫　今月の新刊

江上　剛
庶務行員　多加賀主水《たかがもんど》が許さない

唯野未歩子
はじめてだらけの夏休み
大人になりたいぼくと、子どもでいたいお父さん

垣谷美雨
子育てはもう卒業します

谷村志穂
千年鈴虫

加藤千恵
いつか終わる曲

立川談四楼
ファイティング寿限無《じゅげむ》

西村京太郎
狙われた男　秋葉京介探偵事務所

菊地秀行
妖婚宮《ようこんきゅう》　魔界都市ブルース

南　英男
刑事稼業　弔《とむら》い捜査

岡本さとる
喧嘩屋《けんかや》　取次屋栄三

藤井邦夫
隙間風《すきまかぜ》　素浪人稼業

辻堂魁
冬の風鈴　日暮し同心始末帖

仁木英之
くるすの残光　天の庭

佐伯泰英
完本　密命　巻之十四　遠謀　血の絆